KB253089

THE **RECORD** OF
RETURNER
현중 귀환록

FUSION FANTASTIC STORY
푸른 하늘 장편 소설

푸른 하늘 장편 소설

천중 귀환록 6
푸른 하늘 장편 소설

초판 1쇄 찍은 날 § 2012년 3월 26일
초판 1쇄 펴낸 날 § 2012년 3월 30일

지은이 § 푸른 하늘
펴낸이 § 서경석

편집부장 § 권태완
편집책임 § 박우진

펴낸곳 § 도서출판 청어람
등록번호 § 제1081-1-89호
등록일자 § 1999. 5. 31
어람번호 § 제1-1359호

주소 § 경기도 부천시 원미구 심곡2동 163-2 서경B/D 3F (우) 420-822
전화 § 032-656-4452 팩스 § 032-656-4453
http://www.chungeoram.com
E-mail § chungeoram@chungeoram.com

ⓒ 푸른 하늘, 2011

ISBN 978-89-251-2823-8 04810
ISBN 978-89-251-2696-8 (세트)

※ 파본은 구입하신 서점에서 교환하여 드립니다.
※ 저자와 협의하여 인지를 붙이지 않습니다.
※ 이 책은 도서출판 청어람과 저작자의 계약에 의해 출판된 것이므로,
  무단 전재 및 유포·공유를 금합니다.

THE RECORD OF RETURNER

현중귀환록

6

또 다른 마스터

CONTENTS

Chapter 01
변하는 대동그룹

"약간의 편법이 있겠군요."

현중이 웃으면서 베컴에게 말하자 베컴도 인정하는 듯 자조적인 미소를 지으면서,

"뭐 그건 나도 인정할 수밖에 없군. 하지만 그렇다고 위법도 아니야."

베컴은 절대로 법에 위반되는 그런 종류는 아니라고 강조했다.

하지만 현중은 이미 베컴의 눈동자를 통해 모두 꿰뚫어보고 있는 중이었다.

“찜찜하게 프리미어리그에서 뛰고 싶은 마음까지는 없으니까요. 그냥 거절하는 게 좋겠군요, 베컴 씨.”

“후후훗.”

베컴은 갑자기 웃으면서 벤치에 등을 길게 기대고는 천천히 현중의 눈동자를 바라봤다.

“현중 씨는 속을 알 수가 없는 사람이군.”

베컴은 거의 99% 넘어왔다고 생각한 결정적인 순간에 거절을 당했다. 하지만 오히려 가슴이 시원해지는 감각을 느꼈다.

“질투란 때론 발전의 원동력이 되기도 하지만, 자멸로 가는 지름길이 되기도 하죠.”

현중의 말에 베컴은 자신을 빗대어 하는 말인 것을 알고는 말없이 고개를 끄덕였다.

지금의 베컴은 현중에게 그런 말을 들어도 대꾸할 자신이 없었기 때문이다.

질투에 눈이 멀어 인대가 거덜 나버린 현재 모습이 현중이 한 말과 너무나도 맞아떨어지고 있으니 말이다.

거기다 현중을 대신 프리미어리그에 끌어들이려고까지 했다.

이건 명백한 자신의 욕심인 것이다. 애초에 다친 것부터 그렇고 베컴의 욕심으로 모든 게 시작되었다는 것을 스스로가 더 잘 알고 있다.

"후후훗, 뭔가 오히려 안심이 되는 이유는 뭘까?"

베컴은 나직하게 혼잣말처럼 했지만 모두에게 충분히 들렸다.

"글쎄요."

현중은 이미 알고 있지만 모른 척했다. 남자의 자존심이 걸린 문제이니 말이다.

자신의 욕심과 질투로 인해 생겼으니 이럴 때는 모른 척해 주는 것이다.

그런데 효성이 슬그머니 얼굴을 내밀더니,

"베컴 씨에게는 죄송한 말일지도 모르지만… 베컴 씨에게는 현중 씨가 그라운드에서 뛰는 모습을 보고 싶다는 마음과 함께 그렇지 않은 욕심이 있으신 것 같… 앗, 죄송해요. 제가 주제넘게……."

효성을 말하는 중에 자신이 끼어들 자리가 아님을 알았다.

하지만 이미 뱉어버린 말은 주워 담을 수 없는 법이다.

그런데 당연히 화낼 것으로 생각했던 베컴은 보기 좋은 미소를 지으면서,

"효성 씨 말이 맞아요. 그냥 제 욕심이죠. 자만이고. 나보다 뛰어난 사람이 축구를 하기 싫어하는 것에 화가 나는 것도

있고… 여러 가지 복잡한 게 있어요. 효성 씨가 보기에도 그
렇게 보였다면 이미 구단에서도 모두 알고 있다는 말이군
요.”

힘없이 미소를 지으면서 베컴은 조용히 입을 다물었다.

“죄송해요.”

오늘 베컴을 만나서 뭐 하나 좋은 인상을 남기지 못한 것
이 안타까운지 효성은 시무룩한 얼굴로 완전 풀이 죽어버렸
다.

“베컴 씨.”

“네?”

베컴은 현중이 부르는 소리에 무심결에 고개를 돌렸는데
무언가 베컴의 시야에 확 들어왔다.

탁!

거의 본능적인 반사 신경으로 베컴은 눈앞에 날아온 물건
을 잡아챘다. 손에 느껴지는 느낌에 펴보니 작은 유리병에 푸
른색의 액체가 들어 있었다.

뭐랄까, 말로는 설명할 수 없는 향기가 베컴의 코끝을 살짝
자극하고 있었다.

“이건… 뭡니까?”

베컴이 묻자 현중은 간단히 답했다.

“약입니다.”

“…약?”

“베컴 씨가 내일이라도 그라운드에 다시 나갈 수 있도록 해줄 약이죠.”

“…그게 무슨……?”

베컴의 현재 다리 상세는 결코 가벼운 게 아니었다. 오죽하면 이번 시즌을 포기할까 하는 생각까지 했겠는가.

그런데 현중은 너무나도 평온한 얼굴로 베컴을 보면서 말했다.

“선택은 스스로가 하는 거죠. 그리고 그건… 베컴 씨의 제의를 거절한 제 마음의 선물이라고 생각해 주시면 서로 편하겠죠?”

“……”

알 수 없는 말만 하는 현중의 모습에 베컴은 머릿속이 복잡했다. 하지만 현중의 모습과 태도를 보면 결코 장난치거나 하는 의도는 없어 보였다.

“으싸~ 이제 다시 수업이 있어서, 저희는 이만 돌아가 볼게요.”

기지개를 펴면서 일어선 현중은 데려다 준다는 베컴의 말에도 정중하게 거절했다.

어차피 이곳이 학교 뒤쪽이라 걸어가도 된다면서, 베컴과 그렇게 헤어졌다.

현중과 헤어진 후 홀로 남은 베컴은 한참 현중이 준 유리병을 내려다보았다.

눈동자가 흔들리면서 복잡한 심정을 여지없이 드러낸 그는 이윽고 무언가를 결심한 얼굴로 현중이 준 약을 강하게 쥐고서 일어섰다.

그리고 다음날 베컴은 너무나도 멀쩡한 다리로 맨유 경기에 출전했다.

그는 그 어떤 때보다 정확한 프리킥과 패스로 인해 다시 한번 영국을 들썩이게 만들었다.

베컴과 헤어진 현중과 효성은 후문을 통해 학교로 들어서는 중이었다.

"왜 거절한 거예요?"

효성은 솔직히 현중이 프리미어리그에서 뛰는 모습이 궁금했다. 개인적으로 그 모습을 꼭 보고 싶었다.

"으~ 샤!"

현중은 기지개를 펴고는 주변을 한번 둘러보면서 한동안 대답을 하지 않았다.

그런 현중의 반응에 효성은 혹시나 자신이 아까 베컴에게 말한 것처럼 오지랖 넓게 참견한 건가 싶은 마음에 자연스럽게 조용해졌다.

“왜냐고요?”

대략 10분 정도의 침묵 뒤에 현중이 가벼운 습관처럼 미소를 보이면서,

“싫어서요.”

“네에?”

효성은 전혀 뜻밖의 대답에 자신도 모르게 큰 소리로 말했다가 급히 입을 막았다.

씨익~

현중은 더 이상 말하지 않고 그대로 몸을 돌려 강의실로 들어가 버렸다.

효성은 고개만 갸웃거리다가 결국 체념한 듯 한숨을 쉬면서 강의실로 들어갔다.

*　　　*　　　*

“정말 이대로 회사가 굴러가는 게 신기하다.”

담배를 깊게 들이마시면서 한숨을 쉬듯 크게 내뿜은 신 대리는 하늘만 보면 눈앞이 캄캄했다.

이제 나이 서른다섯에 가정도 있고 귀여운 딸도 작년에 태어나 한참 기쁨에 젖은 생활을 했다.

회사도 나름대로 국내에서 알아주는 대기업에 속하는 곳

이라 걱정없이 살아왔는데 그런 안락한 생활이 무너지는 것
은 불과 몇 달 걸리지 않았다.

"신 대리님."

신 대리는 뒤에서 들리는 목소리에 고개를 돌렸다. 작년에
갓 들어온 김택수가 주머니에서 담배를 하나 꺼내면서 다가
왔다.

"너도 한 대 피우려고?"

"네, 신 대리님. 이렇게 담배라도 피워야 그나마 쉴 수 있
지… 지금 사무실 안에 들어가면 도통 정신을 차릴 여유가 없
어서요."

김택수의 말에 신 대리도 고개를 끄덕이면서 다시 담배를
깊게 들이마셨다.

하얀 연기가 그의 입에서 길게 내뿜어졌다.

지금 회사 돌아가는 것을 보면 회사가 멀쩡하게 있는 게 신
기할 따름이다.

대동그룹의 이미지는 완전 바닥으로 떨어져 더 이상 추락
할 곳도 없었다.

거기다 매출은 없는 것이나 마찬가지고, 사원들은 회사를
유지하는 것만으로도 허리가 휠 지경이다.

현재 대동그룹은 매출이 거의 제로에 가까웠다. 하지만 회
장이 바뀌면서 처리해야 할 여러 가지 문제와 감사도 치러야

하고, 오히려 정상적으로 회사가 돌아갈 때보다 더욱 힘들기만 했다.

새로 취임한 회장은 아주 사소한 것도 귀신같이 찾아내서는 최소 과장급 이상은 모조리 검찰, 경찰에 고발해 버렸다.

동영상에 목소리 녹취는 기본이고 증인에 증거란 증거는 모조리 제출해서는 무조건 유치장에 집어넣었다.

그런 상황이 벌어지자 회사 분위기는 흉흉하기 그지없었다.

상황이 이렇다 보니 아무런 잘못이 없는 평사원들도 괜히 몸을 움츠리면서 기가 죽어 어깨가 처지기 일쑤였다.

한 달!

대동그룹의 회장이 바뀌고 딱 한 달. 그 사이 회장은 엄청난 일을 해대고 있었다.

소문에 20대 중반의 젊은 남자라는 것밖에 알려진 게 없다.

하지만 엄청난 회사의 부채를 한 번에 갚아버리더니, 검찰 조사도 당당하게 먼저 신청할 정도의 배짱까지 가지고 있었다.

그 배짱이 자신들을 힘들게도 하지만, 한편으로는 부럽기도 했다.

패기!

남자라면 누구나 한 번은 태어나서 꿈꿔보는 것이 바로 패기다.

당당하게 모든 것을 오픈하고 남자답게 앉아서 기다리는 모습이 이제 20대 사원들한테는 선망의 대상이 되는 기이한 현상이 벌어지기도 했지만, 그것도 잠시뿐이었다.

"나 죽어요! 집에 좀 가게 해주세요! 제발!!"

대동그룹 내에서 태풍이라는 별명이 붙여진 현중의 대규모 고발 사태는 남겨진 자들을 힘들게 했다. 야근은 기본이고 주말에도 회사에 나와 조사 준비를 하는 강행군에 다들 현중에 대한 원망만 남게 되었다.

야근도 한두 번이지 삼시 세끼 회사에서 모두 처리하는 것은 기본, 검찰 조사 이후 한 달 가까이 집에 돌아가 보지 못한 대리급 사원들은 눈 밑에 다크서클까지 생겨 죽어나는 상황이었다.

그렇다고 그만둘 수도 없다.

대동그룹의 출신이라는 게 재취업하는 데 오히려 걸림돌이 되고 있는 것이다. 처음에 분위기가 안 좋을 때 눈치껏 그만둔 사람들이 재취업을 못하는 기이한 사태도 벌어졌다.

"대동그룹 출신은… 미안하네."

"대동그룹… 소문이… 귀신의 원한도 있고 사원들도 대동 그룹 출신이라면 별로 좋아하지 않아서 말야."

엄청난 스펙으로 당당하게 재취업을 준비했던 사람들은 그렇게 국내에서 단 한 명도 취업하지 못했다.

귀신 소동은 국민들 뇌리에 너무나도 깊게 박혀 있어서 대동그룹이라는 말만 나와도 고개를 돌리는 게 자연스러웠 다.

결국 박사 학위에 외국 유학이라는 좋은 스펙을 가지고도 번번이 번듯한 대기업 재취업에 실패하자 그들은 결국 중소 기업으로 몰릴 수밖에 없었다.

덕분에 중소기업은 때 아닌 고학력 인재들의 풍년을 맞았 다.

중소기업이야 대동그룹 출신이라고 따질 이유도 없고 대 기업처럼 사원들끼리 왕따를 시키거나 싫어할 이유도 없었 다. 오히려 박사 학위를 가진 사원이 와서 도움이 되면 됐지 해가 될 것이 없었기 때문이다.

하지만 대기업은 사정이 달랐다. 솔직히 대동그룹 출신이 아니라도 얼마든지 좋은 스펙을 가진 인재들이 널리고 널렸 다. 그런데 굳이 귀신 소문 때문에 이미지가 안 좋고 회사 생 활에서 마이너스 요소가 많은 대동그룹 출신을 받아봐야 손 해만 생길 것이라는 판단이었다.

즉, 대기업은 굳이 대동그룹 출신이 아니라도 사람이 많기 때문에 거부했던 것이고, 중소기업은 한 명의 박사 학위라도 아쉬운 입장이라 받아들인 것이다.

몇몇은 외국으로 취업을 나가는 사람도 있지만 그런 사람은 혼자인 경우에나 가능하지 가정이 있는 사람은 그러지도 못했다. 결국 중소기업이라도 들어가서 생활을 해야만 하는 처지인 것이다.

─마스터, 거의 한 달이 되어갑니다.

"그래? 음, 지금쯤이면 다들 눈 밑에 다크서클이 진하게 자리 잡고 있겠군. 크크큭."

현중은 이렇게 일을 만든 장본인답지 않게 강 건너 불구경하듯 편안해 보이기만 했다.

─슬슬 한계에 다다랐을 겁니다.

"그렇겠지. 성질 급한 민족이니까. 한 달이라도 참은 게 대단한 거지. 음, 그보다 파악한 것은?"

현중이 회장실의 커다란 소파에 몸을 깊이 파묻으면서 테른에게 말하자 테른이 슬쩍 고개를 돌려 시리를 바라봤다.

현재 시리는 대동그룹 회장의 기획비서실장이라는 명함을 달고 있었다. 최종적으로 시리의 손을 거쳐야만 현중에게 서류가 올라가는 자리에 있는 것이다. 한마디로 권력의 중심이다.

시리를 통해서 인사 이동부터 아주 사소한 월급까지 모두 통과되니, 대동그룹에서는 시리를 두고 새로운 회장의 약혼녀라는 소문이 한동안 떠돌기도 했다.

처음에는 시리에게 추파를 던지는 사람도 제법 있었다. 하지만 시리를 정면으로 마주하고 지금까지 제대로 말 한마디 꺼내지 못한 사람이 대부분이었고, 이미 혈족으로 거의 적응한 시리를 상대로 평범한 회사원들이 이겨낼 리 없었다.

―주인님, 여기 있습니다.

시리가 테른의 눈짓에 손에 들고 있던 서류를 현중 앞에 내려놓았다. 그녀가 뒤로 물러나자 현중은 천천히 서류를 읽어 내려갔다.

"신동수, 김태평, 고진혁. 음, 다들 이제 삼십대 초반에서 중후반이군."

―40대는 모두 과장급 이상이었는데 이번에 100% 검찰에 고발당해 해고되었습니다.

테른의 대답에 현중은 간단히 고개만 끄덕이면서 쉬지 않고 서류를 계속 살펴봤다.

얼핏 보기에는 건성으로 서류를 보는 것 같지만, 이미 1초도 안 되는 짧은 찰나에 모두 읽어 머릿속으로 판단까지 내리고 있는 현중이었다.

털썩!

현중은 제법 묵직한 서류를 다 읽고 책상에 내려놓고는 테른을 보았다.

"이대로 그냥 모두 인사 이동시켜."

─알겠습니다.

"그리고 대동그룹의 이름을 바꾸려고 했는데, 그냥 이대로 간다. 대신 내부 시스템은 완전히 뜯어고쳐야겠지."

현중의 말에 테른은 이미 알고 있다는 듯 고개를 끄덕이고는 입을 열었다.

─이미 시스템을 완전히 바꾸기 위한 준비는 끝난 상태입니다.

현중도 테른이 그럴 것을 알고 있는 듯 웃었다. 이미 대륙에서 한 번 이런 짓을 해본 적이 있기에 굳이 말을 하지 않아도 서로 통하기 때문이다. 대륙에서는 교황이 다스리는 제국도 뜯어고쳤는데 이런 기업 하나 뜯어고치는 것쯤은 아무것도 아니기 때문이다.

물론 벌써부터 여기저기서 잡음이 들려오긴 했지만 그런 것에 흔들릴 현중도 아니었고 테른도 무시하는 중이었다.

"전 사원이 볼 수 있게 이번에 바뀌는 제도를 대문짝만 하게 써 붙여봐. 크크큭, 어떤 반응이 오는지 궁금하군."

마치 재미있는 TV프로를 기다리는 듯한 현중의 장난스런 웃음에 테른도 슬쩍 입가에 미소를 지었다. 다만 시리 혼자 두 남자 사이에서 도대체 어떤 일이 앞으로 벌어질지 궁금해했지만 겉으로 내색하지는 않았다.

그리고 다음날 기습적으로 대동그룹 본사를 비롯해 계열사, 정식 사원이 한 명이라도 있는 곳이라면 빠짐없이 팩스가 날아갔다.

새로 취임한 회장의 명령으로 날아간 팩스를 본 사원들은 한동안 할 말을 모두 잃어버렸고, 어떤 사원은 팩스 내용이 도대체 뭘 뜻하는지 이해를 못했다.

내용은 의외로 간단하면서도 아리송했다.

［대동그룹 산하 모든 사원에게 전하는 말씀］

본 대동그룹은 오늘부로 모든 시스템이 바꿔므로 숙지할 것.

1. 정식 사원은 1년 단위로 연봉 협상을 개별적으로 한다.

2. 개인이 원하는 경우 연봉 협상의 기간을 마음대로 정할 수 있다.

3. 본 시간부로 1년 이상 계약직을 비롯해 용역 등 현재 대동그룹에서 일하고 있는 자 중 정식 사원으로 일하고 싶은 자는 신청하면 간단한 면접을 통해 받아들인다.

4. 자신의 성과에 따라 연봉은 개별적으로 협상하며 액수를 모두 공개한다.

5. 대동그룹의 회장에게 따로 건의할 일이 있으면 비서실에 신청하여 100% 개인 면담을 실시한다.

6. 대동그룹은 정년퇴직 제도를 폐지한다.

7. 어떤 아이디어라도 좋으니 비서실로 획기적이고 기발한 아이디어를 보내고, 채택되는 즉시 별도의 프로젝트팀을 구성, 지방일 경우 본사로 불러들여 일한다.

본 공지는 현재 대동그룹의 회장으로 있는 본인의 승인 아래 이뤄진 것이므로 발송되는 시간부로 시작됨을 알린다.

팩스 내용은 이러했다.

물론 그 팩스를 본 직원들은 거의 패닉 상태에 빠진 상황이었다.

무엇보다 파격적인 것은 매년 연봉 협상을 할 수 있다는 것이었다.

그렇다고 계약직으로 바뀌는 것도 아니다. 정직원으로 일하면서 회사에서 정해진 연봉을 받는 게 아니라, 스스로 회사와 연봉 협상을 한다는 것은 일종의 파격이었다. 연봉 협상은 사원의 권리지만 지금까지 공공연히 무시되어 온 제도였기 때문이다.

이 팩스 내용은 대동그룹을 넘어 외부로 전해졌고, 대한민국 기업 전체에 커다란 파장을 일으켰다.

거기다 두 번째 파장은 정년퇴직제도 폐지였다. 어차피 현재 과장급 이상 간부 임원이 하나도 없는 대동그룹의 특이한 상황 때문에 피부에 와 닿지는 않았지만 다들 신경이 쓰이는 것은 어쩔 수 없었다.

찌이잉~

그리고 전 사원에게 두 번째로 날아온 팩스의 내용은 더 충격적이었다.

"내, 내가… 과장?"

"신 대리님, 저… 오늘부로 대리라는데요?"

조금 전 담배를 피우면서 신세한탄을 하던 신 대리와 이제 1년 갓 지난 김택수는 순식간에 진급을 한 것이다.

그런데 그건 약과였다. 다른 곳에서는 대리에서 부장으로 초고속 승진을 한 경우도 허다했다. 거의 대동그룹 전체가 들썩거릴 만큼 엄청난 규모로 인사이동이 있었던 것이다.

어쩌다 보니 이제 서른한 살에 부장에 오른 사원이 꽤 여러 명 있었고, 시기와 질투보다는 지금이 어떤 상황인지 어안이 벙벙한 사람이 대부분이었다.

두 번의 팩스 이후, 대동그룹 소속의 전 사원이 혼란스러워하고 있을 때 마지막으로 지시사항이 내려왔다.

모든 사원은 빠짐없이 XXX 실내 경기장으로 모이라는 지시였다.

그날은 마침 대동그룹 창립기념일로 원래 휴무일이기도 했다.

일주일이란 본래 길다면 길고 짧다면 정말 짧은 기간이다.

거의 대부분의 사원이 승진을 했는데, 거기에 대한 기쁨도 채 느낄 새가 없었다. 마지막 감사가 바로 며칠 뒤라서 그 준비에 정신이 없었기 때문이다.

덩달아 새 회장 취임 후 처음 지시가 내려온 전 사원의 집합 또한 그들 머리에서 새하얗게 잊히고 말았다.

결국 일주일이 지나고 전 사원이 서울에 있는 XXX 실내 경기장에 모두 모이고 나서야 전혀 접해보지 못한 현중의 방식에 우왕좌왕했다.

"조용!!"

수천 명의 사람이 웅성거리는 소리는 중앙에서 들려온 마이크 소리에 일순간 조용해졌다. 그곳에는 최근에 가장 빠른 승진으로 이사 자리에 오른 신준혁 이사가 굳은 얼굴로 서 있었다.

"이제부터 대동그룹의 새로운 회장님의 주최로 토론회를 시작하겠습니다. 모두 정숙해 주시기 바랍니다."

신준혁 이사의 말에 장내는 또다시 술렁거렸다. 토론회라니? 전혀 듣도 보도 못한 회사 시스템에 머릿속이 다들 복잡해진 것이다.

"조용!!"

결국 신준혁 이사가 다시 가까스로 장내를 조용하게 만들고 나서야 조용해지긴 했다.

하지만 도대체 지금 이게 무슨 시추에이션인지 예측하는 사람은 아무도 없어 보였다.

그리고 얼마 후, 모두의 궁금증을 자아내는 사람이 대기실에서 걸어나와 신준혁 이사 옆으로 다가왔다.

신준혁 이사는 90도로 고개를 숙이고는 마이크를 넘겨주었다.

'새로운 회장님이다.'

체육관의 특성상 신준혁 이사가 서 있는 곳이 쉽게 보이는 구조였다. 모든 시선이 순식간에 신준혁 이사가 고개 숙여 인사한 젊은 남자에게 집중되었다.

그리고 직감적으로 모두가 알았다.

새로운 회장이라는 것을.

"안녕하십니까. 이번에 새로 취임한 대동그룹의 회장 김현중입니다.”

웅성웅성.

현중이 짧게 한마디 인사말과 함께 자신을 소개했을 뿐인데 체육관은 거세게 웅성거리기 시작했다. 다들 현중에게 시선이 집중되다 못해 뚫어버릴 것 같았다. 특히나 현중의 얼굴을 잘 볼 수 있게 창고에 남아 있던(저주는 이미 풀어버린) 초대형 LCD까지 설치를 한 상태라 멀리 있는 사람도 선명하게 현중의 머리카락 하나까지 알아볼 수 있었다.

“조용!! 나잇살 먹은 사람들이 왜 그리 중심을 못 잡는 겁니까!!”

신준혁 이사가 또다시 쓴 소리를 하면서 한소리 하자 웅성거리는 소리는 금세 사라졌다. 하지만 입만 다물고 있을 뿐이지 하고 싶은 말은 엄청 많은 얼굴들이었다.

그렇게 모두가 조용해진 후, 현중은 일주일 전에 보낸 팩스 내용을 다시 한 번 강조했다. 현재의 국내 기업과 완전히 다른 시스템으로 회사를 운영할 계획이고, 전 사원을 정사원으로 받아들여 능력에 따라 연봉을 개별적으로 준다는 것을 다시 한 번 확인시켜 줬다.

특히 대동그룹에서는 정년퇴직을 없애 버린다는 말을 했을 때 생각 이상으로 웅성거림이 커졌고, 이번만큼은 신준혁 이사도 쉽게 관리하지 못했다.

그때 현중이 가장 말이 많고 호기심 어린 눈동자를 가지고 있던 남자 사원 한 명을 콕 집어서 일으켜 세웠다. 장내가 금세 조용해졌다.

"전 현재 대구 영업부에 있는 이수견 대리입니다."

"네, 이수견 대리. 궁금한 사항이 있으면 말해보세요."

"다른 건 다 어느 정도 이해하지만 정년퇴직제도를 없앤다는 것이 정말 사실입니까? 본래 대동그룹은 55세를 정년으로 부장급 미만은 무조건 정년퇴직을 해야 했습니다. 그리고 사실 다른 대기업도 비슷한 실정입니다."

당연히 의문이 들 것이다. 정년퇴직이 없다는 것은 자신이 그만두지 않는 이상 아무리 늙어도 회사에 출근할 수 있다는 말이다. 지금 대한민국의 통념상 절대로 이뤄질 수 없는 개념을 지금 현중은 시도하는 것이기에 말이 많을 수밖에 없었다.

그런데 이수견 대리의 질문에 현중은 싱긋 웃으면서,

"저도 한 가지만 물어봐도 될까요, 이수견 대리?"

"네, 회장님."

아무리 어려도 현중은 회장이다.

"이수견 대리는 대동그룹이 이렇게 힘든 상황인데 왜 다른 곳으로 가지 않은 겁니까?"

현중의 질문이 뜻밖이었는지 이수견 대리는 잠시 당황하

더니 곧 굳은 표정으로 말했다.

"첫 번째는 부양할 가족이 있기 때문입니다. 그리고 두 번째는 이미 대동그룹 출신은 국내에서 받아주는 곳이 없어서입니다."

웅성웅성.

이수견 대리가 두 번째 이유를 당당하게 말할 때 체육관에 있던 모든 사원이 놀랐다. 신준혁 이사조차도 놀라서 현중의 눈치를 살펴볼 정도였다.

하지만 이수견 대리는 당당하게 현중을 마주 보면서 눈동자조차 돌리지 않았고, 현중도 그런 이수견 대리를 똑바로 바라보았다.

"귀신 소동 때문이겠죠? 그리고 대기업들은 트러블메이커가 되어버린 대동그룹 출신을 기피하는 것이고. 안 그런가요, 이수견 대리?"

"맞습니다."

현중의 질문에 곧이곧대로 대답하는 이수견 대리는 한 치의 물러섬도, 후회도 없어 보이는 눈빛이었다.

"그럼 이곳에 있는 모든 사원은 대동그룹에 뼈를 묻어야겠군요. 안 그런가요?"

"…저는 그렇습니다."

이수견 대리는 현재 상황에선 그렇게 할 생각으로 회사에

남았기에 대답은 했지만 목소리에서 약간의 한숨이 느껴졌
다.

　씨익~

　현중은 웃으면서 그런 이수견 대리를 지나 시선을 체육관
전체로 돌렸다. 장내를 한 번 둘러보고는 마이크에 대고 소리
쳤다.

　"현재 이곳에 있는 대동그룹의 전 사원은 힘든 시기를 지
나 자의든 타의든 대동그룹에 뼈를 묻어야 하는 상황에 있는
사람들로 생각됩니다!"

　현중이 말하자 다들 자신도 모르게 고개를 끄덕였다. 실제
로 뒤늦게 회사를 옮기려고 했던 사람들도 이미 먼저 나간 사
람들이 울며 겨자 먹기로 중소기업으로 옮기는 모습을 보고
는 어쩔 수 없이 버티고 있기 때문이었다.

　"제가 정년퇴직을 없애 버린 것은 간단한 이유 때문입니
다. 뼈 묻을 각오로 입사를 했다면 정말 뼈를 묻을 때까지 일
하게 해줄 생각이거든요. 아무리 늙고 지치고 힘들어도 업무
를 볼 수 있다면 정년퇴직은 없습니다."

　웅성웅성.

　파격에 가까운 말이었다. 당연히 말이 많아질 수밖에 없었
다. 그런데 현중이 다시 마이크에 입을 가져다 대고는,

　"하지만!"

조용~

다시 조용해지는 체육관에 현중의 목소리만 들렸다.

"연봉 협상을 할 때 자신이 제시한 연봉의 능력치를 다음에 보이지 않는다면 벌점이 부과됩니다. 그 벌점은 모두 한 번에 1점씩 부과되며, 벌점이 4점이 되면 해고됩니다."

"……!"

"……!"

벌점에 대해서 현중이 말하자 다들 충격에 빠진 듯했다. 그러나 또다시 이어진 현중의 말은 더욱 충격적이었다.

"지금부터 전 사원에게 계약서가 개별로 배부됩니다. 이건 회장인 저를 제외한 전 사원에게 적용되는 것이고, 거기에 벌점제도를 승낙한다는 계약도 함께 있으니 꼼꼼하게 살펴보고 사인하길 바랍니다. 즉, 지금까지 대동그룹에서 정사원으로 일했던 사람들도 모두 그 계약서에 사인을 해야 이번에 시행되는 시스템의 적용을 받게 됩니다. 만약 사인을 하지 않는다면 무조건 지방으로 좌천시킬 수밖에 없습니다."

"……."

현중의 말이 끝나자 다들 계약서를 보기에 바빴다.

"지금부터 세 시간 뒤에 1차로 사인한 계약서를 받고, 2차는 일주일 뒤 개별적으로 제출하시기 바랍니다."

말을 마친 현중은 거침없이 몸을 돌려 대기실 문으로 들어
가 버렸다.

한순간 찬물이 끼얹어진 듯 체육관이 정적 속으로 빠져들
었다.

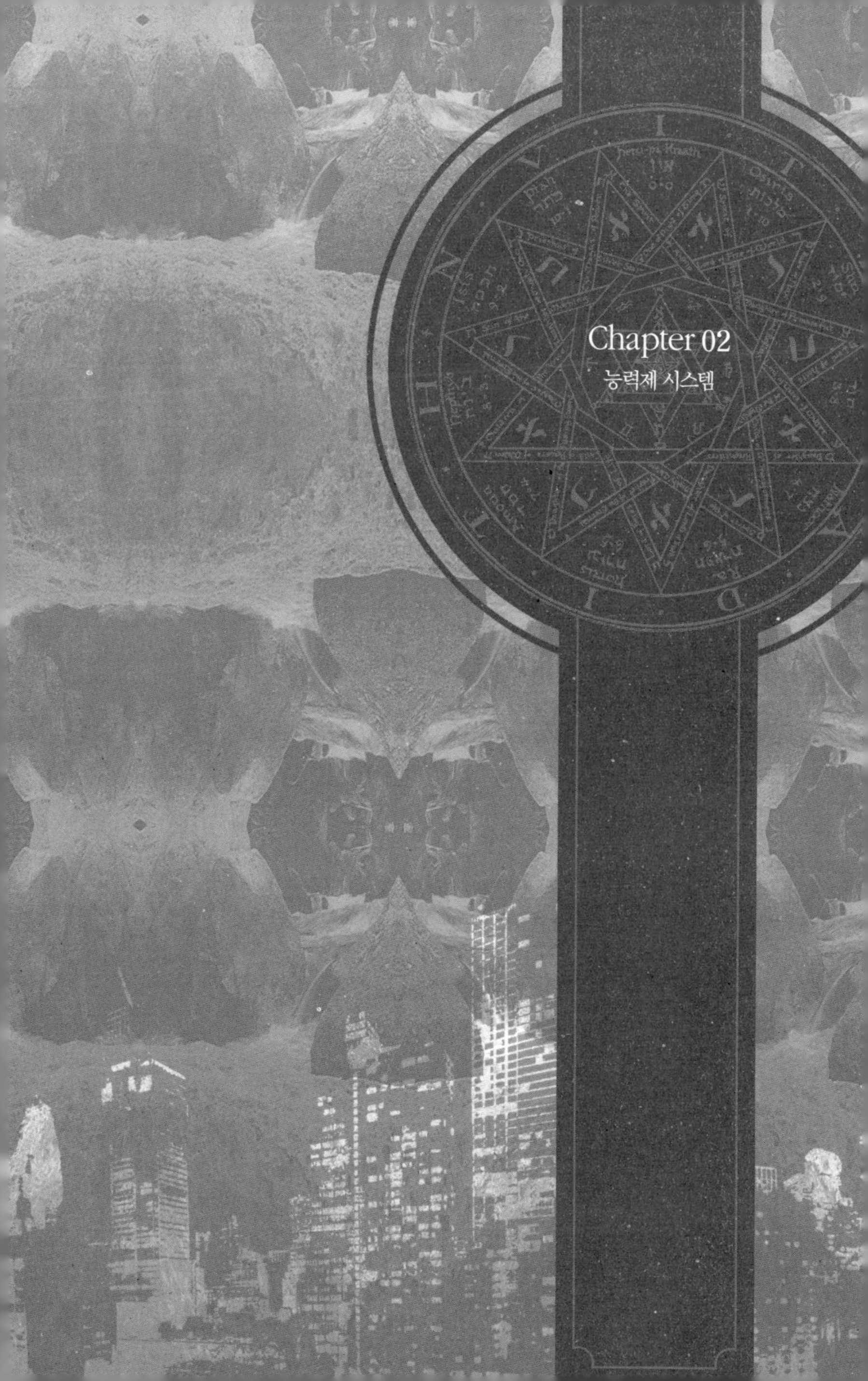

Chapter 02
능력제 시스템

정적은 아주 잠깐이었다.

체육관은 곧 순식간에 시장통처럼 시끄러운 소리가 들리기 시작했고, 다들 자신이 받아 든 계약서를 확인하느라 바빴다

계약서는 소위 말하는 옵션계약서였다. 현재 정직원으로 취직을 했지만 그만한 능력을 보이면 대우를 해주고, 능력이 없으면 세 번의 경고 개념으로 벌점을 주고 나서 저 멀리 좌천시켜 버리든가 해고해 버린다는 무서운 내용이었다.

거기다 사인을 하지 않는다면 대놓고 지방 구석으로 보내

버리겠다는 현중의 발언은 그냥 관두라는 말과 같았다.

세 시간 동안 체육관은 정말 시끄러웠지만 고성방가가 오가는 소란스러움이 아니라 진지하게 서로 토론하거나 혼자서 고민하는 그런 소란스러움이었다.

한편 대기실로 들어온 현중은 입가에 미소를 지으면서 자리에 앉은 채 설치된 모니터로 현재 체육관 내부를 모두 훤히 보고 있었다.

"이미 한 달 동안 쓸데없는 녀석들은 걸러졌을 테니 대부분 사인하겠지?"

─제 예상으로는 80% 정도 사인할 것으로 예상됩니다, 마스터.

"훗, 80%라도 뭐 상관없어. 사람은 새로 뽑으면 되고 우선 내가 가진 돈으로 일이 년만 버티면 자리가 잡힐 테니까 말야."

다른 기업인들이 들으면 기절초풍할 말을 너무나 쉽게 말하는 현중이었다. 현재 대동그룹은 수입이 거의 없는 것이나 다름없었다. 하지만 회사는 돌아간다? 누구든지 이상하게 생각할 테지만 이유는 간단했다.

현중이 보유하고 있는 천문학적인 돈이 현재 대동그룹을 유지하고 있는 중이었다. 당연히 조금이라도 기업 운영을 아는 사람이라면 현중이 미쳤다고 할 것이다. 그 돈이면 차라리 다른 기업을 만드는 것이 더 쉽고 빠르겠다고 말이다.

하지만 테른의 생각은 달랐다. 현재 대동그룹의 귀신 소동 이미지는 얼마든지 바꾸는 게 가능했다. 귀신 소동의 중심에 있던 하주혁이 죽었기 때문이고, 한명희도 그걸 알기에 대동그룹을 욕심냈던 것이다. 물론 한명희는 자신만의 방법으로 대동그룹을 꾸려 나가겠지만 그건 시간이 너무나 오래 걸리는 일이었다.

돈!

현중은 경제학을 공부한 적도, 작은 구멍가게조차도 경영한 적이 없다. 이제 스물여섯 살의 대학생이 무슨 경험이 있겠는가? 당연히 주위의 시선도 똑같았다. 하지만 현중은 테른이 벌어다 주는 천문학적인 자금력이 있었고 생각한 것을 밀어붙이는 결단력이 있었다.

거기다 지금 현중이 하는 시스템은 이미 대륙에 있을 때 성공했던 시스템이다. 약간의 변형이 있긴 하지만 기본 뼈대는 비슷했기에 실패는 현중의 뇌리에 남아 있지도 않았다. 물론 테른이 실패하도록 놔두지도 않겠지만 말이다.

월급쟁이들은 월급만 잘 주면 불만이 없다. 그건 누구나 아는 일이다. 하지만 그게 전부였다. 월급을 받고 그냥 그만큼 일하고 시간을 때우고 살아가는 인생이 전부인 것이다.

아니, 대기업에 다니는 사람 대부분이 처음에는 샐러리맨으로 상위 1%에 들겠다는 야망을 꾼다. 하지만 그런 꿈이 부서지는 데는 1년도 걸리지 않는다. 인맥, 학벌과 함께 비위 맞추기 등 여러 가지 벽에 좌절하고, 그냥 월급쟁이로 바쁘게 살아가면서 하루하루 지내는 것이 전부로 변해가는 것이다.

아니, 적응해 간다고 해야 할 것이다. 월급 잘 나오고 사는 데 지장이 없기에, 편한 것에 빨리 적응하는 사람이라는 동물답게 물레방아처럼 똑같이 돌아가는 생활에 자신의 몸을 집어던지는 것이다. 보통의 기업은 0.1%의 머리가 움직이고 나머지 99.9%의 직원이 몸을 움직여 살아가는 것이다.

물론 지금의 기업 방식은 안정적이다. 기업을 움직이는 머리에 따라 크게 발전할 수 있으면서도 실패해도 리스크가 적은 안정적인 운영 방식이다. 하지만 현중은 그게 싫었다.

어차피 국내 기업들처럼 자식에게 대물림할 생각도 없었기에 지금의 능력제 시스템을 생각한 것이다. 현재 현중은 결혼은커녕 자신의 수명도 모르는데 다른 기업들처럼 가족간 대물림으로 권력과 재력을 유지하는 방식을 택할 이유가 없었다.

능력이 되면 그 녀석을 회장 시키면 되기 때문이다. 오로지 자신의 이름을 세계에 떨치기 위해서 대동그룹이 필요했을 뿐 대동그룹에는 별다른 욕심도 없었다.

하지만 한번 손을 대면 끝장을 봐야 하는 성격 때문에 대동그룹을 완전히 뜯어고치는 중이었다. 그것도 미친놈 소리를 들으면서 말이다. 매달 대동그룹의 사원들 월급만 해도 엄청난 돈이 쓰이고 있기에 세상은 현중을 보고 미친놈이라고 했다. 그것도 돈이 썩어날 만큼 많은 부자의 변덕쯤으로 말이다.

뭐 이유야 어찌 되었든 현중의 이름은 현재 대한민국에서 모르는 사람이 없을 정도로 유명인이 되었다. 본인이 원하는 대로 말이다.

그렇게 시간이 지나 세 시간 정도 지났을까? 현중에게 계약서에 사인한 숫자가 전해졌고, 결과를 본 현중도 테른도 제법 놀라고 있었다.

100%.

단 세 시간 만이지만 전 사원이 모두 계약서에 사인을 한 것이다. 그것도 계약서에 벌점 4점을 받으면 무조건 자신을 해고해 달라는 항목까지 써서 넘긴 사원들도 제법 많았다.

"크크큭, 역시 젊은 혈기는 의외의 결과를 만들어낸단 말야."

현중은 현재 대동그룹의 사원 평균 연령이 29세인 것을 생각하고는 만족스런 미소를 지었다. 테른도 약간은 의외라는 듯했지만 좋은 결과였기에 입가에 미소를 지었다. 첫 번째 단계가 예상외로 완벽하게 시작된 것에 만족했다.

"테른."

—네, 마스터.

"확실하게 굴려. 돈은 얼마가 들어도 좋으니까. 저 수많은 원석 중에 최소 열 개는 최상급 마나석 가치를 지닌 녀석이 있을 테니까 말야."

—네, 마스터. 명심하겠습니다.

현중은 진정한 인재는 바로 발밑에 있다는 말을 좋아하고 믿고 있었다. 대륙에서도 그런 생각으로 제국을 뒤집어서 오히려 찬양을 받았고 지금 대동그룹도 그렇게 만들려고 하고 있었다.

아무리 뛰어난 사람이라도 결국은 사람이다. 사람의 마음은 언제 변할지 모르는 법이다. 그리고 간단하게 확률적으로 보더라도 데리고 있던 사람 중에 인재를 찾는 게 편하고 빨랐다. 도저히 없다면 그때라도 인재를 찾아 시선을 밖으로 돌려도 늦지 않기 때문이다.

그리고 지금까지 현중은 시선을 밖으로 돌려 인재를 찾은 적이 없었다. 정말 필요하고 필요한 시기에 나타난 인재는 언제나 곁에 있는 사람이었기 때문이다.

현중의 이번 토론회 내용이 전해지면서 또다시 대한민국은 들썩거렸다.

매년 연봉을 개별로 협상한다는 새로운 방식과 정년퇴직

을 없애 버린 현중의 결단력에 호불호가 심하게 엇갈렸기 때문이다. 솔직히 대한민국은 정년이 짧은 편이었다. 55세가 평균이고 그것보다 짧은 곳도 많았다. 하지만 대부분 50세를 기준으로 회사를 관두는 편이다.

회사에서도 50세가 넘으면 퇴물 취급을 하면서 노골적으로 회사를 나가도록 분위기를 만드는 것이 일반적이었다.

하지만 그런 것보다 가장 이슈가 된 것은 바로 벌점 제도였다.

자신이 협상한 연봉에 대한 능력을 보이지 않으면 벌점을 주고 4점이 되면 해고나 좌천이라는 대목에서 극명하게 호불호가 갈렸다. 특히나 젊은 세대에게는 환영받는 반면 중장년층에게는 거부감이 심했다.

어떤 사람은 정년퇴직이 없으면 매년 배출되는 신규 인력은 어떻게 할 것이냐고 했지만 현중의 대답은 간단했다.

"대한민국에 기업이 대동그룹 하나뿐입니까? 다른 데 갈 사람은 다른 데로 가세요."

조금의 미사여구도 붙이지 않은 젊은 회장의 대답에 일반 국민들은 환호했다. 하지만 그들과 달리 다른 기업들은 현중의 경영 방식을 놓고 고개를 저었다.

"미친놈. 제대로 말아먹으려고 하는구만."

"능력제라니, 크크큭. 좋은 학교 나오지 않은 놈들에게 무슨 능력이 있단 말인가?"

"수십 년간 만들어진 지금의 운영 방식이 그냥 만들어진 게 아니지. 쯧쯧. 젊은 녀석 하나 곧 사라지겠군."

실제로 경영을 하는 사람들 대부분은 현중을 완전 미친놈 취급하면서 대놓고 왕따를 하기 시작했다. 젊은 놈이 버릇없다는 평은 기본이었고, 도전에 가까운 경영 방식에 대한 평가 절하도 보탰다. 거기다 현중에게서 끝없이 나오는 자금력에 대한 시기심도 어느 정도 영향을 미쳤다.

그런데 단 한 명, 천산그룹의 천산태 회장은 그런 현중의 경영 방식을 보고는 눈에 이채를 띠었다.

"껄껄껄. 아주 맹랑한 녀석이군."

천산태는 세간에 떠도는 현중의 경영 방식에 관심이 생겼다. 국내 2위인 천산그룹의 회장은 부자 집안에서 태어나 외국에서 경영을 배워 지금의 천산그룹을 만들어낸 장본인이다. 물론 완전히 현중의 경영 방식을 환영하진 않지만 그렇다고 다른 기업인들처럼 대놓고 무시하지도 않았다.

"모 아니면 도라고 해야겠지?"

천산태는 현중의 경영 방식을 확률이 적은 도박에 비유했지만 천유화는 아닌 듯했다.

"할아버지, 전 그렇게 생각 안 해요."

"왜 그렇지?"

천산태는 비록 여자지만 천산그룹을 물려준다면 0순위에 꼽을 만큼 기업 운영에서는 기발한 재능을 보이는 천유화에게 슬며시 물었다.

"제 생각에는 성공할 경우… 저희 천산그룹을 위협할 만큼 엄청나게 성장할 수 있는 가능성이 많아 보이거든요."

"호오~ 나를 위협할 만큼 말이냐?"

"네."

천산태는 처음에는 현중에 대한 천유화의 개인적인 호감 때문에 그렇게 생각하는 걸로 여겼다. 하지만 천유화의 말을 모두 듣고 나자 그 생각을 바꿨다.

"그러니까… 잠자고 있는 인재를 깨운다 이 말이지?"

"네, 할아버지. 제가 흥미롭게 생각하는 건 개인 면담 부분이에요."

"음, 그거야 지금 대동그룹이 대외적으로 움직이지 않고 있으니 김현중 회장의 시간이 남기 때문이 아니냐?"

천산태의 생각처럼 대부분의 기업인은 애초에 현중이 제시한 개인 면담에 대해서는 생각할 가치도 없다고 판단 내렸다.

회장이 사원들과 면담을 한다……. 물론 괜찮은 것이긴 하다. 하지만 사원은 몇십 명이 아니다. 대동그룹이 아무리 엄청난 해고에 휘청거린다고 해도 거의 만 명에 가까운 사원을 데리고 있는 그룹이다.

그룹이 괜히 그룹이 아니다. 덩치가 얼마나 큰지는 그룹을 운영해 본 사람만 알기에 애초에 직원들 사탕발림용으로 생각한 것이다.

하지만 천유화는 현중을 직접 만났고, 몇 번 되진 않지만 그의 성격을 조금이나마 알고 있기에 오히려 개인 면담에 흥미를 느낀 것이다.

"현중 씨는 절대로 허투루 말을 할 사람이 아니거든요. 두고 보세요 정말 개인 면담을 할 테니까요."

"흠… 두고 봐야 할 일이지."

천태산은 솔직히 그룹의 회장이 사원과 개인 면담을 신청하면 해준다는 것 자체는 나쁘게 생각하지 않았다. 그만큼 열린 마인드를 가지고 있다면 충분히 그럴 수 있다고 생각하기 때문이다.

하지만 신청자가 몰렸을 경우 어떻게 될까? 수십 명은 어떻게 한다고 해도 수백 명 단위로 넘어가면 그때부터는 면담이 아니라 고문이 되기 때문이다. 그리고 과연 사원들이 회장에게 개인 면담을 신청할까 하는 의문도 들었다.

국내 기업들이 전통적으로 상하 구분을 두고 계급으로 나누는 것은 모두 질서를 위해서다. 군대를 가도 나이를 떠나 계급이 짱 먹는 것도 모두 질서와 원활한 운영을 위해서 필수 불가결하기 때문이다.

계급만 놓고 본다면 현중은 대동그룹의 최고 수뇌부다. 그리고 사원들은 일개 사병에 불과하다. 간단하게 군대로 풀이하면 일개 사병이 대동그룹에서는 최고 수뇌부의 원수급에 해당하는 현중에게 개인 면담을 신청한다는 것이다. 그 자체가 엄청난 부담으로 다가올 것이 분명하기에 천태산은 면담만큼은 개인적으로 부정적으로 생각했다.

그리고 그런 천태산의 생각을 증명이라도 하듯 실제로 대동그룹의 시스템이 바뀌었지만 그 누구도 현중에게 개인 면담을 신청한 직원이 없었다.

"쩝, 아직은 좀 무린가?"

현중은 그래도 젊은 패기와 혈기가 있는 20대 사원 중 한두 명 정도는 똘기를 가지고 면담을 신청할 줄 알았다. 하지만 벌써 한 달이 넘도록 단 한 명도 신청자가 없었다.

―대한민국의 정서적인 여건상 약간 무리일지도 모르겠습니다.

대륙에서는 그래도 노예 중에서 대차게 나서서 현중에게 하고 싶은 말을 전부 하는 녀석이 몇 명 있긴 했다. 물론 벌을 주거나 불이익을 준 적은 없다. 오히려 현중은 그런 녀석들을 기다리고 있었기 때문이 상을 내리거나 등용해서 보란 듯이 노예 신분을 벗어나게 해주는 시범 케이스로 만들었다.

솔직히 현중은 그냥 듣고 싶었다. 사원들이 어떤 것을 원하고 어떤 생각을 하고 어떤 방식을 바라는지 말이다. 대한민국에서 하나쯤은 미친 듯 자유롭고 마음대로 할 수 있는 기업이 있어도 나쁘지 않을 것 같다는 생각에 대동그룹의 시스템을 바꾼 것이다.

물론 이렇게 국내에서 이슈가 되고 유명인사가 될 줄은 스스로도 몰랐다. 대동그룹이 그만큼 국민의 호기심을 자극할 줄은 전혀 생각하지 않았던 현중이고, 실제로 영국이랑 인어 등 여러 가지 일로 바빠서 국내 상황에 대해서 크게 신경 쓰지 않는 탓도 있었다.

하지만 지금은 김현중 이름 석 자와 대동그룹의 26세 청년 회장, 괴짜 회장, 바보 회장 등 여러 가지 별명으로 불리고 신문과 인터넷, TV에도 일주일에 한 번은 꼭 등장했다.

하주혁이 죽으면서 귀신의 원혼까지 울부짖는 악덕 그룹이라는 이미지는 약간 벗어나긴 했지만 그 이상으로 현중의 특이한 행보가 대동그룹의 과거 이미지를 사라지게 만드는 중이었다.

하지만 아직 신입사원 공채에 지원하는 사람이 극히 적은 것을 보면 시간이 필요하긴 한 모양이다.

국내 초유의 이슈거리가 된 시스템을 만들어내면서 매달

엄청난 돈을 쓰고 있는 현중은 그래도 편안한 표정이었다. 이미 2년 정도는 자신의 돈으로 대동그룹을 유지할 생각을 하고 있었기에 별다른 문제도, 얼굴을 찡그릴 걱정거리도 없었다.

단 한 가지만 빼고 말이다.

"그러니까, 지연이가 나를 만나고 싶어한단 말이지?"

현중은 기억 속에서 지웠던 홍지연의 이름이 다시 들리자 표정이 살짝 굳었다. 미련이 남아서나 그런 게 아니었다. 아직 처리해야 할 빚이 남아 있기 때문이다.

―네, 마스터. 아무래도 최강석의 병원 문제인 듯합니다.

"병원이라……. 정신지체 장애 1급 판정을 받았다면서?"

테른이 전에 해준 말을 기억해 내자 테른은 고개를 끄덕였다.

―완전히 백치에 가까운 상태입니다. 정신적인 쇼크가 너무 컸던 탓인지 사고력이 4~6세 영유아 수준입니다.

"흠……."

현중은 최강석의 상태를 자세하게 듣고 나서는 한숨을 크게 쉬고 고개를 몇 번 저었다.

"약해 빠졌군. 겨우 그 정도에 무너질 녀석이 그런 짓을 저질렀으니."

그래도 약간은 기대를 했던 현중은 일어서더니 테른에게,

"지연이는 어디에 있지?"

—현재 병원에 있습니다.

"돈 때문이겠군."

—네, 마스터. 현재 최강석의 집안 모두가 검찰 조사로 수 감되어 있기 때문에 완전히 자금이 막힌 상황입니다. 그나마 하주혁이 살아 있을 때는 걱정이 없었지만 그도 사라져 버린 지금 최강석은 짐 덩어리에 지나지 않을 것입니다.

"크크큭, 궁금하군. 아무것도 없는 최강석을 지연이가 어 떻게 할지 말야. 크크큭."

돈 때문에 현중을 버렸던 홍지연이다. 그런데 지금은 상황 이 완전히 뒤집혀 버렸다. 대동그룹의 회장 자리에 현중이 앉 아 있고 국내 언론사들이 알아낸 현중의 재산은 한마디로 충 격이었다. 개인 재산만으로도 세계 50위 안에 든다는 것을 뒤 늦게 알았기 때문이다.

N대학도 현중의 실체를 알고 나서는 경악에 가까운 반응 을 내보였다. N대 하나쯤은 가지고 놀 정도의 자본력과 탬플 재단의 비호를 받고 있는 권력까지 생각하면 머리가 아찔해 졌다. 특히 김주현은 더 이상 현중이 자신이 어떻게 할 수 있 는 위치를 벗어났다는 것에 울분을 삼켜야만 했다.

뭐 그런 사정이야 어찌 되었든 현중에게는 애초에 김주현 이라는 이름은 안중에도 없었지만 말이다.

회장실을 벗어난 현중은 현재 가장 이슈가 되고 있는 인물이라고는 믿어지지 않을 만큼 당당하게 사람들이 많이 다니는 길을 혼자 걸었다.

"저 사람… 혹시……?"

"설마……."

"그래도 많이 닮았는데?"

현중이 지나갈 때마다 워낙에 자체 발광하는 얼굴 때문에 사람들이 수군거렸다. 하지만 그 누구도 현중이라고 단정을 짓지 못하는 데는 아주 웃긴 이유가 있었다.

"야, 세상에 한 그룹의 회장이라는 사람이 낡은 청바지에 목이 늘어난 티셔츠를 입고 허름한 운동화까지……. 그게 말이 된다고 생각하냐?"

현중의 옷차림이 바로 문제였다. 통상적인 상식으로 그룹의 회장이라면 당연히 있어야 할 경호원은커녕 혼자서 허름한 옷차림으로 걷고 있다는 게 믿어지지 않았다. 그저 좀 잘생긴 대학생처럼 보이는 것이다.

"진짜… 닮았다. 김현중 대동그룹 회장이랑."

"정말 쌍둥이라고 해도 믿겠어."

"아, 돈 없어도 저 얼굴만으로도 평생은 먹고사는 데 지장 없겠네."

현중을 진짜 김현중으로 알아보는 사람이 없었다.

하지만 완전히 그렇지는 않았다.

현중이 인도를 벗어나 병원으로 들어가는 순간 누군가의 시선이 날아왔다. 그걸 느낀 현중이 고개를 슬쩍 돌렸다. 긴 머리카락을 아무렇게나 질끈 동여맨 포니테일 스타일의 여자가 그곳에 있었다. 커다란 카메라와 왼쪽 가슴의 명찰을 보니 아무래도 기자인 모양이었다.

씨익~

현중이 웃으며 슬쩍 고개를 숙이자 여기자도 얼떨결에 고개를 숙였다. 지금까지 기자를 보면서 웃으면서 먼저 인사하는 사람이 없었기에 자신도 모르게 무의식적으로 인사해 버린 것이다.

"아차!"

여기자도 인사를 하고 나서야 뭔가 이상하다는 것을 느끼고 고개를 돌렸다. 그러나 현중은 이미 병원 안으로 들어가 버린 후였다.

"어디서 본 듯한……?"

여기자는 뇌리에서 사라지지 않는 현중의 미소를 생각하자 누군가 번뜩 떠올랐다. 사진으로 본 적이 있는 대동그룹 회장 김현중과 너무나도 똑같은 남자가 방금 자신을 향해 인사한 것이다.

찌릿!

여기자는 순식간에 뭔가 느낌이 왔는지 눈빛이 날카로워졌다. 그대로 병원 안으로 뛰어 들어가자 이제 막 엘리베이터에 올라타는 현중이 보였다.

후다다다닥!

생각해 볼 것도 없이 곧바로 전력 질주한 여기자는 기자 생활 5년 동안 단련된 엄청난 다리 힘으로 닫히기 직전에 엘리베이터 문을 잡았다. 그리고 겨우 현중이 탄 엘리베이터에 올라탈 수 있었다.

"실례합니다."

넉살좋게 웃으면서 안으로 들어온 여기자는 능숙하게 현중이 서 있는 곳보다 조금 뒤에 자리를 잡고는 꼼꼼하게 살펴보기 시작했다. 키와 헤어스타일, 그리고 머리끝부터 발끝까지 무슨 스토커라도 되는 듯 세세히 살펴보고는 더욱 확신을 가졌다.

'대동그룹의 신임 회장 김현중이 맞아. 확실해.'

5년간 기자 생활을 해오면서 단련된 직감과 함께 여기자에게 끝없는 확신을 주는 것은 바로 아직도 뇌리에 생생히 남아 있는 미소였다.

현중이 국내에서 그만큼 이슈가 된 이유는 물론 젊은 나이도 있고 엄청난 자본력도 있지만, 무엇보다 잘생긴 얼굴과 함께 여자들의 애간장을 녹여 버릴 듯한 미소가 가장 큰 위력을 발휘했다.

젊지, 돈 많지, 한 그룹의 회장이지, 김현중을 꼬이는 여자는 로또와 비교도 안 되는 대박을 건지는 거라는 이야기가 퍼졌다. 정말로 신데렐라가 되는 것이 꿈이 아닌 것이다.

하지만 그에 비해 의외로 현중에 대한 사생활을 크게 부각되는 바가 없었다. 과거는 이미 언론에게 의미가 없기 때문이었다.

그녀도 당연히 현중이 이 병원에 오리라는 것은 몰랐다. 그저 그녀는 죽은 하주혁의 유가족 중 검찰 소환을 받지 않은 사람이 있기에, 기사거리라도 건질까 싶어서 찾아온 것이었다.

몰락해 버린 하주혁 일가와 함께 정신지체 1급 장애를 받은 최강석과, 그를 극진히 뒷바라지하는 약혼녀를 상대로 어느 정도 기사거리를 건질 생각이었던 것이 뜻하지 않게 엄청난 대박을 만나게 된 것이다.

"훗."

현중도 뒤에 있는 여자가 기자라는 것은 이미 처음부터 알고 있었다. 그리고 일부러 인사를 해서 의도적으로 자신을 알렸다. 물론 여기자는 그걸 전혀 모르고 있고 말이다.

찡~

최상층에 도착했다는 울림과 함께 엘리베이터의 문이 열

리고 현중이 내렸다. 여기자는 곧바로 내리지 않고 있다가 문이 닫힐 때 슬쩍 능숙하게 몸을 뺐다. 그리고는 모른 척 근처 의자에 조용히 앉았다.

그녀는 현중의 행동을 유심히 살폈다. 최강석이 머물고 있는 병실은 이미 알고 있기에 현중이 어디로 들어가는지 끝까지 살펴보려는 것이다.

'럭키!!'

여기자는 현중이 정확하게 최강석이 입원해 있는 병실로 들어가는 것을 보고는 속으로 쾌재를 불렀다. 그녀는 곧바로 신문사에 전화를 걸었다.

그런데 현중은 그런 여기자의 모든 것을 알고 있었고, 오히려 들어가기 직전에 슬쩍 미소를 지었다가 곧바로 지워 버렸다.

드르륵.

"누구세……."

현중이 병실 문을 열고 들어서자 앉아 있던 홍지연이 일어선 자세 그대로 굳어버렸다.

"오랜만이군."

딱딱한 현중의 음성에 홍지연은 고개를 돌리고 싶었지만 억지로 참으면서 어색하게 미소를 지었다.

"그… 러네."

"저쪽에 자고 있는 게 최강석인가?"

"응? 으응, 그래."

현중은 침대에 몸을 웅크리고 누워서 자고 있는 최강석을 바라봤다. 엄지손가락을 입에 물고 자는 모습이 영락없이 영유아가 하는 행동과 다를 게 없었다.

"설마… 직접 찾아올 줄은 몰랐어."

홍지연은 그냥 만나고 싶다고 연락을 했지만 현중이 직접 병실로 찾아오리라고는 예상도 못했기에 당황하고 있었다.

그런데 지금 이 순간 홍지연은 푸석한 머리와 세수도 하지 않은 자신의 얼굴, 그리고 화장기 전혀 없는 맨얼굴이라는 것이 생각나자,

"잠시만… 기다려 줄래?"

"뭐 편할 대로 해. 시간은 많으니까."

"그럼 잠시만 기다려 줘."

홍지연은 병실 안에 있는 화장실로 들어갔고, 곧 물소리가 들렸다.

"훗, 여전하군."

현중은 자신의 미모에 옛날부터 자부심이 컸던 홍지연의 성격을 알기에 지금 이 상황에도 씻으러 들어가는 것에 놀라기는커녕 그냥 웃었다. 그보다 현중의 시선은 최강석에게 향했다.

쪽쪽, 쪽.

자면서도 뭔가 맛있는 걸 먹는 듯 엄지손가락을 빨아대는 모습을 보는 현중의 눈동자는 아무런 동요도 없었다. 그는 슬며시 고개를 돌려 병실 주변을 살펴봤다. 낙서를 비롯해서 어질러진 장난감도 있고 얼룩진 곳이 제법 많이 보이는 것을 보니 짐작 이상으로 뒷바라지가 힘들겠다는 생각이 들었다.

보통 병이나 사고를 당하면 당사자보다 옆에서 간호하는 사람이 더 힘들고 골병이 들게 마련이다. 오죽하면 늙어서 조용히 죽는 게 자식들에게 해줄 수 있는 마지막 선물이라는 말까지 있겠는가. 특히나 치매 걸린 노인 뒷바라지는 효자도 부모를 버리게 만든다는 말이 그냥 나온 게 아니다.

그런데 현재 최강석은 치매와 맞먹는 정신지체 장애 1급이다. 치매처럼 사람을 못 알아보고 그런 것은 아니지만 지능이 4세 정도에서 멈춰 버렸기에 엄청나게 손이 많이 가는 것이다.

"오래 기다렸지?"

홍지연은 급하게 씻었는지 채 물기도 마르지 않은 머리를 동여매고 나타났다. 간단하게 B.B크림만 발랐지만 그래도 씻기 전보다는 말쑥해진 얼굴이었다.

"여기에 앉아."

홍지연은 황급히 옷가지와 주변을 정리하더니 현중을 자

리에 안내했다.

그렇게 홍지연과 현중은 헤어지고 난 뒤 처음으로 서로를 마주 보게 되었다. 완전히 뒤바뀐 상태로 말이다.

"들었어. 대동그룹을 인수했다고?"

"응."

"성공했네."

뭔가 자조적인 감정이 스며들어 있는 홍지연의 말에도 현중은 간단하게 대답만 할 뿐이었다.

"꼭… 그래야만 했니?"

"필요하니까."

홍지연의 말이 뭘 뜻하는지 알고 있는 현중이 딱 잘라 대답하자 홍지연의 눈가에 이슬이 맺혔다.

"저 사람… 나 없으면 더 이상 살 수 없어. 병원을 벗어나면 나 혼자로서는 더 이상 감당이 안 돼. 그런데 꼭 그렇게까지 해야 했니?"

홍지연이 자고 있는 최강석을 보면서 약간 격해진 감정으로 말했다. 하지만 현중은 여전히 낮은 음성으로,

"내가 해야 할 일에 가장 큰 걸림돌이 될 테니까."

"…너, 이렇게 차가운 사람이었어?"

홍지연이 기억하는 현중은 말수가 적고 사람 사귀는 데 서투르지만 따뜻하고 잔정이 많은 성격이었다. 같이 있으면 따

뜻했기에 그를 좋아했던 것이다.

그런데 지금 만난 현중은 차갑다 못해 얼음으로 만들어진 사람을 보는 듯했다. 홍지연은 그 사실을 도저히 믿을 수 없다는 듯 놀라는 표정이다.

하지만 현중은 그런 홍지연에 아랑곳하지 않고,

"돈이 필요하다고 들었어."

꽈악!

홍지연은 현중의 말에 자신도 모르게 양손을 강하게 움켜쥐면서 온몸이 굳었다.

부끄러웠다. 가장 듣고 싶지 않은 말이 가장 꺼려지는 사람의 입에서 나오자 자존심이 땅바닥으로 곤두박질치는 것을 느꼈다. 그러나 참아야 했다. 현실이 어떤지 누구보다 자신이 알고 있기 때문이다. 자신은 몰락한 최강석의 약혼자이고, 과거 잘나가던 대동그룹의 후계자는 이미 사라지고 없기 때문이다.

"……."

홍지연은 대답하는 대신 고개를 들어 현중을 무섭게 노려보다가 곧 눈에 힘을 풀었다. 절로 눈물이 흘러내렸다.

"너… 정말 많이 변했구나."

"사람은 누구나 변하는 거니까. 그게 어떤 계기가 되었든 간에."

현중은 자신이 대륙에서 고생하면서 변했다는 뜻으로 말했지만, 홍지연은 자신의 배신을 현중이 알고 난 뒤라고 생각해 버렸다. 가장 사랑하고 믿었던 사람의 배신은 사람을 극단적으로 내몰 수도 있다고 혼자 생각해 버린 홍지연이다.

정말 냉철하고 현실적이면서도 캐리어우먼의 모습을 보여주던 홍지연은 이미 사라지고 없었다. 최강석의 뒷바라지를 하면서 지칠 대로 지쳐 버렸고, 냉정하게 생각하던 이성은 이미 사라지고 없었다.

"미… 안해."

"……."

홍지연의 조용한 말에 현중은 대답 대신 홍지연을 가만히 바라보기만 했다.

"꼭 이 말, 하고 싶었어. 네가 살던 원룸에 갔을 때는… 이미 네가 떠나고 난 뒤라서 하지 못했던 말이야."

주르륵.

홍지연의 눈에서 하염없이 눈물이 흘러내렸지만 현중은 그런 홍지연의 눈물을 닦아주지 않았다. 홍지연도 현중이 따스하게 뭔가 해주리라는 기대는 하지도 않았다.

"지연아."

현중의 입이 열리면서 과거에 홍지연 자신을 부르던 감미로운 목소리가 들리자 그녀는 자신도 모르게 현중을 빤히 바라봤다.

"최강석이 다시 멀쩡해지면 어떻게 할래?"

"……?"

순간 홍지연은 현중이 한 말이 무슨 뜻인지 전혀 감을 잡지 못했다. 현중이 다시 조용히 물었다.

"최강석이 아프기 전으로 돌아간다면 어떻게 할래?"

"그게 무슨 말이야? 아프기 전이라니?"

최강석의 병은 미국의 저명한 의사들도 모두 포기하지 않았는가? 하주혁이 최강석을 고쳐 보기 위해서 별의별 노력을 다 했다. 유명한 의사는 기본이고 침술에 뜸까지 안 해본 것이 없다. 하지만 돌아온 것은 모두 고개를 흔들면서 떠나는 사람들의 모습뿐이었다.

"말 그대로야. 최강석을 멀쩡하게 돌려놓으면 넌 어떻게 할 거야?"

이해가 가지 않는 현중의 말이지만 이 순간 홍지연의 머릿속은 수십 가지 생각이 교차하면서 빠르게 회전하고 있었다. 그리고 현중이 하는 말에 대해서 생각하다가 문득 하주혁 회장이 죽기 전에 자신을 찾아와 현중에 대해서 꼬치꼬치 캐물어보던 것이 생각났다.

그러자 어느새 홍지연의 눈가에 흐르던 눈물은 멈추었다. 천천히 그녀의 표정이 변하더니 두 눈을 부릅뜨고 손가락을 천천히 들어 현중을 가리켰다.

"설마… 설마… 너… 너… 네가……?"

씨익~

홍지연의 물음에 현중의 입가에 대답 대신 미소가 천천히 번졌다. 홍지연은 온몸에 소름이 돋는 것을 느끼면서 등에 식은땀이 촉촉이 맺혔다.

"…정말로… 네가……?"

순간 홍지연의 머릿속에는 자신이 배신한 대가로 현중이 최강석을 저렇게 만들고 대동그룹을 집어삼켰다는 말도 안 되는 시나리오가 꽉 찼다. 상식적으로 도저히 말이 되지 않았지만, 현중의 미소와 죽기 전 하주혁이 현중에 대해서 물어보던 모습을 생각하니 너무나 맞아떨어진 것이다.

"아무도 모르게 외국으로 팔려 나간 여자가 여러 명, 남자가 있는 여자는 남자를 납치, 장기 축출 후에 바다에 버리고 여자를 자기 것으로 소유."

"……!"

현중의 입에서 나오는 말에 홍지연은 소스라치게 놀랐다.

"그리고 멀쩡한 연예인 지망생 찍어서 마약에 찌들게 해 성노예로 부리는 짓까지 서슴지 않았던 녀석이지. 안 그래? 네가 아는 최강석이라는 녀석 말이야."

부들부들.

홍지연은 차마 아무 말도 할 수가 없었다. 자세하게 알진 못했지만 홍지연도 어느 정도 최강석의 생활은 알고 있었다. 물론 인간으로서 해서는 안 되는 짓을 한다는 것도 알았다. 하지만 자신이 성공하기 위해서는 그 모든 것을 무시할 수 있었다. 그게 홍지연이었다.

그러나 현중의 말로 홍지연은 깨달을 수 있었다. 최강석이 저 모양이 된 것은 자신이 현중을 배신해서가 아니라, 자신이 줄곧 무시해 온 최강석의 죗값이라는 것을.

씨익~

현중은 홍지연의 눈동자를 통해 이미 어떤 마음 상태인지 알아낸 후 슬쩍 자리에서 일어나 최강석 쪽으로 걸어갔다.

"최강석이 정상이 된다면 더 이상 병원이 있을 필요가 없겠지. 그리고 넌……."

현중은 홍지연을 향해 뭔가 더 말할 것처럼 하더니 곧 끊어 버리고는 최강석의 머리에 잠시 손을 올렸다가 내려놓았다.

홍지연이 보기에는 그냥 머리를 잠깐 쓰다듬는 것처럼 보였지만 그 찰나의 순간 현중은 최강석의 몸에 심어두었던 마나를 모조리 거둬들였다. 동시에 마나를 이용해서 최강석의 뇌를 강제로 활성화시켜 정상으로 만들어 버렸다.

부르르르르!

현중이 최강석의 머리에서 손을 치운 지 얼마나 되었을까?

갑자기 최강석이 온몸을 심하게 떨어댔다.

"갑자기 왜?"

홍지연은 갑작스런 최강석의 변화에 급히 달려가려 했지만 현중이 막았다.

"기다려. 곧 깨어날 테니."

현중의 말에 별수 없이 최강석을 보고만 있은 지 1분가량 흘렀을까? 웅크리고 있던 최강석의 몸이 천천히 펴지기 시작했다. 그동안 어떻게 해도 펴지지 않던 최강석의 다리가 마치 기지개를 켜듯 원상태로 돌아가고, 완전히 정상인과 같이 똑바로 누운 최강석을 볼 수 있었다.

"…이게… 어떻게… 된……."

의학 지식이 없는 홍지연이지만 그동안 옆에서 뒷바라지를 한 경험상 최강석이 다리를 곧게 펴고 누운 적이 단 한 번도 없기에 놀라고 있었다.

"깨어나면 정상인이 되어 있을 거야."

"현중아, 너… 도대체… 어떻게……?"

홍지연은 현중을 보면서 천천히 물어봤지만 현중에게서는 그 어떤 말도 들을 수 없었다.

"이제 홍지연, 네가 판단할 차례야. 어떻게 살아갈지 말이야."

현중은 그렇게 한마디 말을 남기고 천천히 걸어서 병실을 나갔고, 홍지연은 차마 그런 현중을 붙잡을 수 없었다. 어쩌다 이렇게 되었는지 한숨만 나왔지만 차갑게 변한 현중의 모습에서 확실하게 그의 맘에 더 이상 자신은 없음을 깨달았기 때문이다.

그리고 홍지연도 최강석과 미운 정이 들었는지 떠날 수가 없게 되어버렸다. 세상에서 사랑보다 무서운 게 정이라고 했는데 정말 그렇게 되어버린 것이다.

Chapter 03
깨어난 최강석

"끄으음."

"······!"

홍지연은 현중이 나가 버린 문만 하염없이 바라보다가 뒤에서 들리는 최강석의 신음 소리에 황급히 고개를 돌렸다. 언제 일어났는지 최강석이 스스로 일어나 앉아 있었다. 그것도 완전히 정상인처럼 편안하게 말이다.

"강석 씨, 정말… 정상으로 돌아왔군요."

홍지연은 눈앞의 최강석의 모습에 하염없이 눈물을 흘리면서 천천히 다가갔다.

"무슨 일이지? 여긴 어디고? 그리고 넌 왜 울고 지랄이야?"

뚝!

최강석의 첫마디에 홍지연의 눈물이 그대로 멈춰 버렸다. 현중에게 당하기 전 최강석은 언제나 홍지연을 무시하면서 하대했던 것이다. 그런데 그 평소의 모습이 지금 다시 보였다.

"아씨! 얼른 출근해야 되는데 왜 병원인 거야?"

최강석은 자신이 지금 왜 병원에 있는지도 모르는 듯 불평불만을 내뱉으며 침대에서 내려왔다. 그리고 바닥을 딛고 일어서려다 그대로 넘어졌다.

쿵!

"뭐야, 이거?"

수개월간 마비되어 있던 다리가 풀렸다고 해서 곧바로 정상으로 돌아오진 않는다. 깁스를 한 달만 해도 걷는 게 어색하게 느껴지는 게 보통 사람이다. 허리 아래 하반신이 완전히 마비가 되어 기어 다니던 최강석이 아무리 정상으로 돌아왔다고 해도 다리가 쉽게 말을 들을 리가 없었다.

그런데 그보다 홍지연을 당황시킨 것은 최강석의 모습이었다.

자신의 다리를 향해 욕설을 퍼부으면서 왜 그런지 전혀 이유를 모르고 있었다.

"…강석 씨, 혹시… 기억 안 나?"

"무슨 소리야? 짜증나는데 너까지 그럴래?"

맘대로 움직이지 않고 이상하게 힘이 들어가지 않는 다리를 주무르며 짜증을 내는 최강석의 모습을 본 홍지연은 확신했다.

'기억을 못하고 있어. 자신이 장애로 살았던 몇 달의 기억을 완전히.'

현중이 마나를 뇌로 보내 살짝 어루만지면서 최강석의 기억이 사라져 버린 것이다. 그것도 정확하게 현중을 만났던 전날까지만 기억이 남아 있고, 그 후의 기억은 모두 사라져 버렸다. 웃기게도 현중이 의도한 바는 아니었다.

그나마 아플 때는 장애를 가진 바보이긴 했지만 귀엽고 순진하면서도 착했던 최강석이다. 그리고 홍지연도 그런 최강석에게 정이 들어버렸다.

하지만 현중의 도움으로 깨어난 최강석은 완전 반대였다. 본래의 싸가지 없고 자만심이 하늘을 찌르는, 사과를 모르던 녀석으로 돌아와 버렸다.

휙!

홍지연은 최강석이 깨어난 것에 자책을 하면서 눈물을 조용히 닦고 병실을 나왔다. 그 순간에도 최강석은 눈길 한번 주지 않고 자신의 다리가 왜 맘대로 되지 않는지와 왜 자신이 병실에 있는지에 대해 온갖 성질과 짜증이 섞인 욕설을 뱉어대면서 소리치고 있었다.

"후후훗, 역시… 내가 그렇지."

최강석이 다시 정상인으로 돌아왔지만 홍지연에게는 차라리 정상으로 돌아오지 않은 것만 못한 상황이 되어버린 것이다. 자조적인 웃음을 지어 보인 홍지연은,

"현중아, 넌 이럴 것을 알고 나에게 그런 말을 한 거니? 저 사람이 깨어나면 어떻게 할 거냐고?"

홍지연은 현중이 마지막에 남긴 말을 다시 되씹으면서 천천히 힘없이 주저앉아 버렸다.

하지만 그것은 홍지연의 오해였다. 지금 이 상황은 현중이 의도한 바가 아니었다.

본래 현중은 최강석이 다시 깨어나 봐야 돈 한 푼 없는 알거지인데 그래도 최강석의 곁에 있겠냐는 의미로 물어본 것이다. 그런데 의도치 않게 최강석이 다쳤을 때의 기억을 모조리 잃어버리는 바람에 홍지연에게는 조금 다르게 받아들여졌다.

그러나 상황이 변했다고 해도 현중의 말은 여전히 홍지연의 가슴을 후벼파고 있었다.

"사랑을 배신한 대가가… 이건가."

홍지연은 모두 자신이 현중을 배신하고 양다리를 걸친 대

가라고 생각하고는 허무한 눈동자로 병원 천장만 바라보고
있을 뿐이었다.

＊　　　＊　　　＊

"저기요! 김현중 회장님!"

현중이 엘리베이터를 타고 내려와 병원을 나설 때까지 여
기자는 조용히 뒤를 따르고 있었다. 그러다 그가 병원 앞에
마련된 작은 공원에 들어서자 드디어 그를 불렀다.

"왜 그러시죠?"

현중은 천천히 돌아 여기자를 똑바로 바라봤다.

흠칫!

여기자는 현중과 눈이 마주치는 순간 자신도 모르게 몸이
살짝 떨리는 것을 느끼고는 당황했다. 하지만 그것도 잠시,
곧 현중을 향해 보기 좋은 미소를 보이면서 다가섰다.

"설마 설마 했는데… 정말 김현중 회장님 맞죠?"

현중은 여기자의 말에 씨익 웃으면서 고개를 끄덕였다. 굳
이 거짓말을 하면서까지 자신의 정체를 숨길 이유도 없으니
말이다. 그리고 일부러 여기자를 아는 체한 것도 이렇게 먼저
접근해 주길 바라서였다.

"네."

간단하게 단답형으로 대답하는 현중의 행동에 여기자는 눈빛이 날카롭게 변했다. 정말 소문대로 현중의 외모는 20대 초중반으로 보였다. 살인미소라는 별명이 어울릴 만큼 매력적인 얼굴과 몸매도 가지고 있었다. 거기다 하루에 수십억을 벌어들이는 주식의 천재라는 정보도 이미 입수한 상태였다.

어디로 튈지 모르는 특이한 성격의 CEO, 그게 현중을 향한 세상의 평가였다. 하지만 그는 한번 움직이면 확실하게 세상에 이슈를 뿌리는 이슈메이커이기도 했다.

기자들에게는 현중만큼 확실한 기사거리가 되는 사람도 드물었다. 특히나 학교, 석유개발회사 소유 외에는 이렇다 할 정보가 없기에 제대로 인터뷰에 성공하면 대박 특종 하나 건지는 셈이었다.

"할 말 없으시면 전 이만……."

여기자가 잠시 말이 없자 현중은 그대로 몸을 돌려 다시 가던 길을 가려고 했다. 하지만 여기자가 그걸 놔둘 리가 없었다.

후다닥!

황급히 뛰어 현중의 앞을 가로막은 여기자는,

"저 대박일보의 선유린 기자라고 합니다. 잠시 인터뷰 가능할까요? 아니, 꼭 인터뷰해 주셨으면 하는데요. 네? 네? 네?"

현중의 손을 덥석 잡고는 계속 인터뷰를 요청했다.

현중은 못 이기는 척 슬쩍 공원 벤치에 앉았다.

"10분, 그 이상은 안 됩니다."

"네, 감사합니다."

처음에는 간단하게 몇 마디 인사와 함께 대동그룹에 대한 인터뷰로 진행되었다. 그러다 문득 생각났는지,

"이 병원에는 어쩐 일이세요? 제가 알기로는 이곳에 고 하주혁 회장의 외손자인 최강석 씨가 입원해 있는 걸로 아는데… 요."

뭔가 의미심장한 눈빛을 보내면서 물어보는 기자의 말에 현중은 씨익 웃었다.

"최강석 씨가 몸이 좋아져서 완전히 정상인으로 돌아왔다는 소식을 듣고 잠시 문병 차 들렀을 뿐입니다."

"네에?!"

전혀 뜻밖의 말을 현중을 통해 들은 선유린은 깜짝 놀랐다. 현중과의 인터뷰도 물론 특종이긴 했지만 반신불수에 정신지체 장애 1급 판정을 받은 최강석이 정상인으로 돌아왔다는 현중의 말은 금시초문이었던 것이다.

정말 그렇다면 이건 현중의 인터뷰와 함께 더블 특종을 건지는 셈이었다. 선유린의 정신이 최강석에게 완전히 돌아갔다는 것을 느낀 현중은 슬쩍 일어서면서,

"전 이만 바빠서요."

"녜? 아, 아직… 10분이 되지 않았는데……."

"최강석 씨가 완쾌되었다는 소식을 제가 좀 빨리 듣긴 했지만 곧 다른 기자 분들이 몰려들 것 같은 기분이 드네요."

움찔.

선유린은 현중의 말에 확실히 그럴 것이라고 생각하고는 별수 없이 하늘이 내린 현중과의 인터뷰를 도중에 그만두고 병원으로 발길을 돌렸다.

확실히 현중이 이슈메이커이긴 하지만 세상은 자극적이고 서프라이즈한 것을 원했다. 이 모든 것이 정확하게 맞아떨어지는 건 현중이 아니라 최강석이기에 선유린은 바로 돌아선 것이다.

하지만 현중과의 인터뷰를 결코 이걸로 끝낼 생각이 없어 보였다.

"뭐, 한번 얼굴을 익혔으니 그다음은 내가 하기 나름이지."

아직 현중이 그 어떤 기자와 접촉을 했다는 소식을 들은 적이 없으니 아마 자신이 처음일 것이다. 그리고 기자들에게 상대에게 얼굴을 보였다는 것은 마치 하나의 명함을 받은 것이나 다름없었다. 그만큼 뻔뻔함이 기자의 필수 항목이긴 했지만 그렇다고 무작정 들이대는 것은 오히려 반감을 사기에 적당히 눈치껏 현중에게 접근할 생각이었다.

이제 대동그룹은 시작하는 중이고 시간은 아직 많으니 말이다.

그런데 병원으로 돌아서던 선유린은 아차 하는 생각에 급히 뒤를 돌아봤다.

"아, 벌써 사라졌네. 젠장, 이 바보 같은 유린아, 유린아. 사진을 왜 안 찍었니, 사진을. 편집장이 난리치겠는데, 젠장."

나란히 사진 한 장 찍는 것만큼 확실한 증거가 없는데 인터뷰를 하고 나서 마지막에 찍으려고 했던 사진을 최강석에 대한 정보를 듣는 바람에 깜빡한 것이다.

한편 스스로를 자책하면서 병원 안으로 들어가는 선유린을 건너편 건물 옥상에서 바라보던 현중은 입가에 미소를 지었다.

"어디 마지막 기회를 줬으니 나머지 판단은 네가 알아서 하겠지."

현중이 최강석을 다시 정상으로 되돌려 놓은 것은 최강석이 예뻐서가 절대로 아니다. 그냥 이대로 평생 바보로 놔둬도 별 상관 없었다. 하지만 정상인으로 만든 이유는 바로 홍지연 때문이었다.

최강석을 완벽하게 고침으로 인해 홍지연이 어떤 선택을 할지 모르지만, 최소한 한때 사랑했던 여자이기에 최강석에게 얽매이는 삶을 살게 놔두고 싶지는 않다는 약간의 변덕이

작용한 것이다. 자신 때문에 그녀의 삶이 변했다는 책임감도 일부 있었다.

아무리 냉혈한이라고 해도 현중은 사람이었다. 어린 시절 사랑했던 첫사랑은 아무리 배신을 했다고 해도 완전히 지워지지 않는다. 거기다 홍지연의 삶이 현중 자신의 행동으로 인해 나락으로 떨어졌기에 구해주지는 못해도 최소한 빠져나갈 구멍만이라도 만들어준 것이다.

거기다 최강석을 정상인으로 만든 또 하나의 이유는 바로 시리였다.

"시리."

쑤욱~

현중이 조용히 시리를 부르자 테른처럼 시리가 현중의 그림자에서 모습을 드러냈다. 평소 회사에서 보던 말쑥한 정장 차림이 아니라 늘씬한 몸매가 훤히 드러나 보이는 타이즈 차림이었다.

비록 타이즈 같은 것을 입었다지만 오히려 그런 모습이 시리의 색기를 더욱 증폭시키는 역할을 했다. 물론 현중은 예외였지만 말이다.

—부르셨습니까, 주인님.

"내가 최강석을 다시 깨운 것을 넌 어떻게 생각하지?"

고저가 없고 무의미한 듯한 말투였지만 시리는 아랑곳하

지 않았다.

―제게 주인님의 행동에 뭐라고 할 자격은 없습니다.

확실히 시리는 현중의 행동에 뭐라고 할 자격이 없었다. 종속 관계만 봐도 시리는 정말 까마득히 아래에 있으니 말이다.

"잠시만 기다리면 최강석을 너에게 주마. 그전에 내 개인적인 심판은 그 정도에서 마무리되지만 아직 다른 것이 남아서 말이야."

현중은 애초에 최강석을 확실하게 처리하기로 마음먹었다. 개인적으로는 솔직히 최강석 자체에 크게 악감정이 없기에 그 정도에서 그쳤지만, 사회적인 심판은 아니었다. 그 녀석이 죽인 사람과 팔아치운 여자들에 대한 죗값이 남았기 때문이다.

평범한 사람인 최강석에게 현중은 우선 평범하게 법의 심판을 내려보기로 했다.

"최강석에 대한 자료는 모두 네가 가지고 있겠지?"

―네, 주인님.

씨익~

한번 웃어준 현중은 그대로 몸을 돌려 천천히 걸어가면서,

"우선 깨어난 최강석을 가족들 품에 보내줘야겠지?"

―네, 주인님.

시리는 무표정한 얼굴로 현중의 명령에 고개 숙여 대답했

지만 눈동자에 서린 살기만큼은 아직 완벽하게 제어하지 못했다. 이제 시작인 것이다, 최강석에 대한 시리의 복수가 말이다.

＊　　　＊　　　＊

"여왕 폐하."

여왕 폐하의 호출로 그녀과 단둘이 마주 앉은 마리아는 뜻밖의 이야기를 듣고 놀라고 있었다.

"백작, 그가 실력이 부족하다고 말하고 싶은가요?"

"네!"

마리아는 1초의 고민도 없이 큰 소리로 대답했다. 하지만 여왕은 입가에 미소만 머금은 채 고개를 끄덕였다. 마리아는 너무나 쉽게 고개를 끄덕이는 여왕의 모습에 뭔가 불안한 느낌이 들었다. 이렇게 쉽게 물러날 사람이 아니라는 것은 이미 마리아도 알고 있기 때문이다.

"백작이 보기에 실력이 부족하다는 건 본인도 알고 있어요. 하지만……."

"……."

여왕의 말투에서 마리아가 느낀 이상함이 확신으로 바뀌는 순간이다.

"그도 기사인 건 알고 있죠?"

"…네. 기사 수업을 받은 것도 알고 있습니다."

"그리고 그가 방계이긴 하지만 영국 왕실의 핏줄인 것도 잘 알고 있을 것으로 생각하는데요."

자꾸 이상하게 대화를 풀어 나가는 여왕의 모습에 마리아는 그녀가 아틀란티스 탐험대에 데이비드를 무조건 넣을 생각임을 확신했다.

설마 위험천만한 아틀란티스 탐험대에 여왕이 가장 총애하며 아끼는 데이비드를 합류시킬 줄은 예상도 못했다. 방계라고는 해도 왕실의 핏줄이기 때문이다. 전쟁터에 자원입대하는 것과는 그 질이 다른 것이 이번 아틀란티스 탐험대였다.

"하오나 여왕 폐하, 왕실의 핏줄이기에 어떠한 위험이 있을지 모르는 그곳에 같이하는 것은 죽으러 가는 것이나 다름없습니다."

약간 부풀리기는 했지만 어떠한 위험이 있을지 모르는 곳에 왕실의 핏줄을 데리고 갈 수는 없었다. 데이비드가 다치는 것이야 상관없지만 만약 죽기라도 하면 골치 아파지기 때문이다.

"나라를 위해서 목숨 정도는 걸어야 진정한 기사라고 할 수 있겠죠? 안 그런가요, 바로슈 백작?"

씨알도 안 먹히는 여왕의 태도에 결국 마리아는,

"여왕 폐하, 알겠습니다."

완전 억지에 가까운 여왕의 압력이긴 했지만 더 이상 거부할 수도 없었다. 이번 아틀란티스 탐사에 여왕의 도움이 절실하기 때문이다. 이미 영국에 인어가 있고 영국 정부에서 조만간 아틀란티스 탐험대를 꾸려 움직일 것이라는 소문이 퍼질 대로 퍼져 있었다.

최대한 보안에 신경을 썼는데 도대체 어떻게 이렇게 빠르고 정확하게 소문이 퍼졌는지 알 수 없었다.

물론 이렇게 소문이 퍼진 것은 바로 현중 때문이었다.

현중이 카이쇼 무사시에게 영국에 인어가 있다고 말했다. 당연히 일본에서는 자신의 마스터가 현중과 인어를 가지고 돌아올 줄 알았는데 완전히 박살 나서 돌아오자 전혀 뜻밖의 행동을 취해 버린 것이다.

각 나라에 자신들이 가지고 있는 정보를 모두 풀어버렸다. 그러자 가뜩이나 촉각을 곤두세우고 있던 미국과 중국, 그리고 러시아는 바로 반응을 보였고, 바로 나라마다 영국에 외교적 압력을 행사하기 시작한 것이다.

그런데 그걸 모두 막아주는 게 바로 지금 영국의 여왕이다.

기브 앤 테이크.

받은 것이 있으면 주어야 하는 것이 세상의 이치다.

여왕이 움직이자 너무나도 빠르게 외교적 압력은 무마되

었지만 오히려 비밀리에 움직이는 것까지는 막지 못했다. 한마디로 지금 영국은 MI-6와 세계 각국의 첩보원들이 소리없는 전쟁을 치르고 있는 것이다.

처음부터 마리아가 MI-6를 신용하지 않아 인어에 대한 모든 정보를 템플재단에서 관리했으니 이 정도지, 아니었으면 벌써 아틀란티스의 위치까지 노출되었을 것이다.

현재 아틀란티스의 위치는 오직 마리아와 인어인 메로우 밖에 아는 사람이 없다.

사안이 사안인 만큼 보안을 위한 것이라 여왕도 나름대로 서운한 기분을 내비치긴 했다. 하지만 마리아의 단호한 대답에 우선 한발 물러섰다고 생각했는데 설마 이런 식으로 반격을 가할 줄은 몰랐다.

물론 데이비드가 약하진 않았다. 기사 수업도 받고 나름대로 검술 대회에서도 실력을 알아줄 만큼 능력이 있었다. 하지만 그건 일반적인 경우에 해당된다.

마리아의 예상으로는 이번 아틀란티스를 찾는 일에 유례없이 각국 마스터와 실력자들이 총출동할 것이 분명했다. 오죽하면 베이스퍼도 100% 신용하지 않고 인어에 대한 정보를 흘리지 않았던 마리아가 아니던가.

질끈.

마리아는 주먹을 움켜쥐고 템플재단의 본부로 돌아오면서

한숨을 쉬었다.

이번 아틀란티스 탐험에 데이비드는 짐이 될 가능성이 다분했다. 아니, 짐이었다. 여왕도 그걸 잘 알고 있을 것이고 말이다. 그런데 굳이 압력까지 행사해서 데이비드를 끼워 넣는 것은 안 봐도 뻔했다.

자신과 데이비드를 연결시키려는 꼼수인 것이다. 솔직히 마리아와 영국 왕실은 그들이 어떻든 외부에서 보기에는 약간 불안한 것을 부정할 수 없다. 2대에 걸쳐 왕실과 혼인을 하지 않은 바로슈 가문은 왕실과의 연결 고리가 너무나도 약해 보였다.

세상에 그 무엇보다 강한 유대관계는 혈연이다. 지금까지 왕실이 그래 왔다.

"에휴, 머리가 아프네."

여왕 폐하 앞에서 물러난 마리아는 지끈거리는 머리를 움켜쥐었다.

여왕이 갑작스런 호출 후에 생각지도 못한 짐을 넘겨주긴 했지만, 사실 더 큰 문제가 있었다. 눈앞의 그 문제를 해결하기 위해서 우선 데이비드 문제는 뒤로 넘겨두어야 했다.

"어떻게 찾아내지, 스파이를."

지금 마리아가 아틀란티스를 찾기 위해 당장 나서지 못하는 가장 큰 이유는 바로 MI-6에 있는 스파이 때문이다.

영국이 자랑하는 첩보부이지만 그 속에서 배신자를 찾아
내기란 말 그대로 하늘의 별 따기나 다름이 없다. 당장에라도
아틀란티스로 떠나고 싶지만 스파이를 이대로 놔두고 떠나는
것은 적들에게 자신의 움직임 모두를 공개하는 것이나 다름
이 없기에 현재 마리아가 가장 신경 쓰고 있는 문제였다.

"아, 정말 이럴 때 내가 독심술이라도 할 줄 알아서 마음속
을 꿰뚫어 봤으면 좋겠군."

그냥 입에서 나오는 대로 중얼거리면서 푹신한 시트에 몸
을 깊숙이 파묻던 마리아는 순간,

멈칫!

"…현중 씨."

모든 동작이 일순간 멈추면서 그녀의 머릿속에 한 사람이
떠올랐다. 바로 현중이었다.

"그래, 현중 씨가 있었지."

독심술인지 뭔지 확실한 정체는 모르지만 분명한 건 하나
있었다.

"마음속을 읽어내는 능력."

자신을 처음 만났을 때도 현중은 모든 걸 알고 있었다. 가
장 최근에 바로 한국에서 저택으로 난입한 델타포스를 처리
하면서도 현중은 그런 낌새를 보였었다.

"현중 씨가 필요해!"

솔직히 지금까지 현중이 사람의 마음을 읽는다는 것은 그냥 느낌으로 알고 있었다. 그렇기에 마리아나 베이스퍼는 현중을 대할 때 자신도 모르게 조심스러웠던 것도 사실이다. 누군가 자신의 생각을 읽을 수 있다면 그것만큼 껄끄러운 게 어디 있겠는가?

베이스퍼야 원래 성격이 화통하고 뒤끝이 없고, 혈혈단신이기에 굳이 숨길 비밀 같은 게 있지도 않았다.

하지만 마리아는 달랐다. 탬플재단을 이끌고 있고 MI—6보다 위에 군림하며, 영국 왕실과 가장 깊은 비밀을 공유하는 위치에 있는 게 바로 그녀다. 때문에 자신도 모르게 본능적으로 현중을 대할 때 조심스러웠던 것이다.

그런데 아이러니하게도 지금 당장 가장 절실하게 필요한 게 바로 현중의 능력이었다.

딸각!

마리아는 생각할 것도 없이 곧바로 현중에게 전화를 걸었다. 최대한 빠르게 스파이를 찾아내고 처리해야 아틀란티스를 찾아 떠날 수 있기 때문이다. 더 이상 정보를 숨기고 할 것도 없으니 MI—6 일이 처리가 되면 최대한 빠르게 떠날 생각이었다.

아직은 다른 국가보다 정보 면에서는 우위에 있으니 그걸 최대한 이용할 생각인 것이다. 각국에서 뒤따를 것은 분명했

다. 베이스퍼는 어쩔 수 없다고 쳐도 더 이상 경쟁자는 있어
봐야 거치적거릴 뿐이다.

"현중 씨, 언제 돌아오시죠?"

[무슨 일이 있나요?]

현중은 한동안 자신을 찾을 일이 없을 거라던 마리아의 말
에 한국에 머물고 있는 중이었다.

"아무래도 현중 씨의 도움이 필요할 것 같아서요."

[도움? 설마… 메로우를 빼앗겼나요?]

빼앗겨도 솔직히 현중에게 크게 문제될 건 없었다. 다시 되
찾아오면 되니 말이다.

"그게 아니라… 저번에 말한 적 있죠? 저희 내부에 배신자,
아니면 스파이가 있는 것 같다고요."

델타포스가 습격했을 때 마리아가 가장 먼저 내부의 배신
자부터 생각했다는 것을 현중도 알고 있었다. 현중은 입가에
미소를 지으면서,

[제가 그들을 찾아내 주면 된다는 거군요?]

"맞아요."

마리아는 현중과 이야기를 하면 이상하게 편했다. 현중은
상대가 몇 마디만 하면 단번에 대화의 핵심을 찾아내서 무슨
말을 하려는지 추측해 버리니 말이다.

그리고 그 추측은 단순히 추측에서 그치는 것이 아니라 실

제인 경우가 대부분이었다. 한 마디를 하면 열 마디를 알아듣는다고 해야 할까? 그런 게 현중이었다.

[그럼 그들을 준비시키는 데 얼마나 걸리죠?]

현중은 아무래도 특수한 상황에 있는 사람들이라 부른다고 바로 모일 리 없다고 생각해서 물었다.

"대충 내일 오전쯤은 가능해요."

[그럼 내일 오전에 제가 찾아가죠.]

"네. 그리고… 고, 고, 고마워요."

수줍게 말까지 더듬으면서 마리아가 현중에게 고맙다는 말을 하자 핸드폰 스피커를 타고 부드러운 현중의 목소리가 들렸다.

[별말씀을. 그럼 이만.]

딸각.

마리아는 이렇게 스파이 문제가 해결되는 듯하자 곧바로 차를 돌려 데이비드가 입원해 있는 병원으로 향했다. 여왕을 설득한다는 건 애초에 불가능하니 차라리 데이비드를 설득해서 떨궈낼 생각인 것이다. 안 되면 협박이라도 할 계획이었다.

방계라지만 영국 왕실의 자손이다. 혹시 죽기라도 하면 마리아에게는 불리하면 불리했지 결코 좋은 일은 없었다..

"미치겠군. 왜 이렇게 고집을 부리시는 건지, 폐하께서는."

마리아는 여왕의 꼼수를 너무나 잘 알고 있고, 여왕이 왜 자신의 곁에 데이비드를 두려 하는지도 잘 알고 있다. 물론 여왕도 그 사실들을 다 인지하고 있다. 그런데 그냥 그렇게 알고 있기만 한 게 아니라 몇 년 전부터 노골적으로 데이비드를 마리아의 곁에 놔두려고 하는 행동을 보이기에 난감한 것이다.

아직 누구와 결혼할 생각이 없는 마리아이긴 하지만 솔직히 데이비드는 아니었다.

"현중 씨라면 몰라도. 헛!! 내가 무슨 생각을 하는 거야."

만약에 결혼을 한다면 상대가 누가 될까 하는 생각을 하던 마리아는 무의식적으로 현중의 이름이 나오자 스스로 놀라면서 고개를 흔들었다. 억지로라도 현중의 얼굴을 뇌리에서 지우려고 했지만 본래 사람의 마음이란 게 이성으로 제어가 될 리가 없다.

"…정말… 내가 좋아하는 건가."

마스터가 되는 길을 걸어온 마리아다. 아직 누군가를 진심으로 좋아해 본 적이 없다.

사랑? 그런 건 그녀에게 사치였다. 어린 시절 마리아의 부친은 마리아에게 말했다. 힘이 없으면 결국 또 왕실과 결혼을 해야 하고 수족으로 살아가야 한다고 말이다.

솔직히 마리아의 부친은 그런 삶을 딸에게 물려주고 싶지 않았다. 차라리 아들이었다면 오히려 좋았을 것이다. 공주를 맞아들이면 되고 어느 정도 권력을 유지할 수 있으니 말이다.

하지만 아이러니하게도 딸이 태어났다. 그리고 마리아의 모친은 알 수 없는 교통사고로 죽어버렸다.

보통 귀족은 재혼을 하게 마련이다. 왜냐하면 자신의 가문을 이어야 하기 때문이다. 한국이나 외국이나 아들이 가문을 이어가는 것은 크게 다를 게 없었다. 하지만 마리아의 부친은 결혼을 하지 않고 마리아에게 기사 수업을 시킨 것이다.

그리고 그걸 원한 건 마리아 본인이었다. 그때 마리아의 나이가 겨우 여섯 살이었다는 것을 아는 사람들은 나중에 마리아가 마스터의 자리에 오른 것을 보고 말했다.

검의 천재.

그녀는 마스터가 될 것을 스스로 알고 있었다고.

10대의 나이에 마스터에 오른 희대의 천재, 그리고 정식으로 영국 왕실로부터 왕실의 검이라는 칭호를 부여받고 당당하게 백작위를 계승한 영애였다.

수중에 템플재단을 가지고 있고, MI-6에 명령을 내릴 수 있고, 영국 왕실과 오랜 세월 함께해 온 귀족 중의 귀족이 바로 바로슈 가문이었다. 당연히 영국에 있는 귀족들이 마리아를 탐냈다. 마리아만 며느리로 들이게 되면 영국을 한손에 쥐고 흔들 수 있기 때문이다.

충분히 그런 힘을 가지고 있는 게 바로슈 가문이었다.

그때,

"나를 이긴 사람에게 시집가겠어요."

마리아는 당당하게 자신보다 강한 사람에게 시집을 가겠다고 선언해 버렸다.

그리고 그렇게 시작된 귀족들의 마리아 쟁탈전은 너무나 쉽게 끝나 버렸다. 마스터라는 말이 주는 무게를 직접 대면해 보니 평범한 자신들이 어떻게 할 수 있는 것이 아니었던 것이다.

거기다 마리아의 대쪽 같은 성격도 귀족들에게는 부담으로 다가왔다. 오죽하면 영국 왕실의 왕자들이 마리아만 보면 고개를 돌려 버리겠는가. 대련을 핑계로 도전했던 영국 왕실의 왕자들도 가차없이 두들겨 패는 냉정함과 대쪽 같은 성격에 질려 버릴 수밖에 없었다.

솔직히 기가 센 여자를 데리고 살 남자는 별로 없다. 특히나 격식과 예절을 중시 여기는 왕실이라면 오죽하겠는가?

그런데,

"바로슈 백작님을 전 포기하지 않습니다."

당당하게 몇 번이고 또다시 도전하는 데이비드는 골칫거리이긴 했지만 은근히 맘에 들기도 했다.

병원에 몇 달씩 입원할 만큼 두들겨 맞아도 좋다고 웃으면서 다시 덤비는 데이비드를 보면 이상하게 싫으면서도 왠지 동질감이 느껴졌기 때문이다. 마치 어린 시절 베이스퍼에게 목검을 들고 끝없이 덤벼들던 자신을 보는 것 같았기 때문이다.

하지만 마리아에게 데이비드는 남자가 될 수 없었다.

"…뭐가 이렇게 꼬이기만 하는 건지……."

마리아는 데이비드가 입원해 있는 병원에 차가 멈추자 한숨을 쉬면서 내렸다.

"……!!"

"……!!"

간단한 복장이지만 마리아가 차에서 내리자 모든 사람의 시선이 집중되었다. 그들은 저마다 수군거리다가 곧 마리아가 누군지 알아보는 듯했다.

나름대로 마리아도 영국 내에서는 제법 알려진 사람이었다. 탬플재단의 젊은 총수라는 타이틀이 누구라도 흥미를 느낄 만한 존재였으니 말이다. 거기다 마리아의 미모가 영국에서 다섯 손가락 안에 꼽힐 정도로 자체 발광을 할 정도면 이야기는 끝난 것이다.

"바로슈 백작님이다."

"정말이네. 이곳에 어쩐 일로……?"

"설마 어디가 아프신 걸까?"

수군거리는 사람들의 시선을 뒤로하고 마리아는 천천히 걸어 병원 안으로 들어갔다. 그리고 가장 높은 층에 입원해 있는 데이비드 병실 앞으로 다가가자 네 명의 보안요원이 잠시 경계하는 듯하더니 마리아를 알아보고는 차렷 자세를 취했다.

"오셨습니까."

"켈킨이 이곳 담당이었나?"

"네, 마스터."

마리아를 직접 대면하는 것만으로도 잔뜩 긴장한 켈킨이었지만 다른 보안요원도 별다를 게 없었다. 긴장한 얼굴과 마치 자로 잰 듯한 차렷 자세가 그 증거였다.

"데이비드 도련님은?"

"지금 안에 계십니다."

방계라고 해도 현 여왕이 총애하는 사람이다. 이 정도 보안은 필수일 것이다.

"내가 왔다고 알려라."

"옛서, 마스터!"

켈킨을 비롯해 요원들이 이렇게 긴장하는 이유는 그들이 바로 마리아에게 직접 전수받은 페이토의 제자이기 때문이다. 켈킨과 이곳 요원들에게 마리아는 스승인 페이토의 스승, 즉 스승의 스승으로, 마스터라는 칭호를 부여받고 자신들이

도달해야 되는 정점에 있는 자였다. 그러니 긴장하는 게 당연
했다.

"멀쩡하군요."

1인실로 이루어진 깨끗하면서도 호화스러운 병실에 들어
선 마리아가 한 말이다.

"설마 백작님께서 저를 직접 찾아올 줄은 몰랐는걸요."

데이비드는 느긋하게 앉아서 책을 읽다가 마리아가 찾아
왔다는 말에 급히 머리를 대충 만지고 준비했지만 환자가 꾸
며봐야 거기서 거기였다. 그보다 마리아가 자신을 찾아왔다
는 게 놀랍고도 신기했다.

지금까지 그 어떤 사람도 대련에서 두들겨 패고 나서 찾아
온 적이 없기 때문이다.

"튼튼한가 보군요. 벌써 깁스를 풀 정도면."

마리아는 데이비드가 온몸에 붕대를 칭칭 동여매고 미라
에 가까운 모습으로 있을 줄 알았는데 의외로 멀쩡해 보이는
게 신기했다. 발목에 붕대를 감고 있긴 하지만 다른 곳은 다
쳤는지도 모를 정도로 깨끗했다.

"제가 몸 하나는 타고났거든요 아시잖아요. 제 아버지가
누구인지."

히죽 웃으면서 농담 비슷하게 하는 데이비드의 모습에도
마리아는 무표정한 표정으로 데이비드를 똑바로 바라봤다.

"용건만 말하죠. 이번 아틀란티스 탐험에서 빠지세요."

마치 칼로 내려친 듯 차가운 마리아의 말투에 히죽거리던 데이비드의 얼굴이 굳었다. 잠시 마리아를 바라보던 그가 말했다.

"제가 왜 빠져야 하죠?"

"가면 죽을 수도 있어요."

"영국의 마스터인 바로슈 백작님과 미국의 마스터… 아니지, 마이스터이신 베이스퍼님이 함께 가는데도 죽을 수 있단 말인가요?"

솔직히 마이스터와 마스터가 같이 가는 팀원이 위험하다면 세상에 안전한 곳은 없다고 말해도 과언이 아니다. 하지만 마리아는 무조건 데이비드를 떼놓고 가고 싶기에 단호하게 말했다.

"스승님도 저도 사람이니까요."

어떻게 보면 냉정하면서도 나름대로 설득력이 있는 말이기도 했다. 하지만 데이비드는 오히려 웃었다.

"까짓것, 거기서 죽으면 제 운명이 그것밖에 안 되는 거겠죠."

오히려 환하게 웃으면서 마리아를 따라가겠다고 말하는 것이다.

"포기할 생각이 없나요?"

　마리아는 재차 물으며 속으로 생각했다. 여왕과 데이비드의 성격이 이상하게 비슷한 것 같다. 쓸데없는 고집과 함께 무모할 정도로 저돌적인 추진력까지 말이다.

　"그것 때문에 왔다면 오히려 바로슈 백작님께서 포기하세요. 여왕 폐하께서 저를 추천하신 게 아니라 제가 여왕 폐하께 간청드린 거니까요. 아틀란티스 팀에 무조건 넣어 달라고 말이죠. 그리고 당장 다음 주면 몸이 완쾌돼서 퇴원하니 문제없겠죠?"

　"흥!"

　마리아는 데이비드의 눈동자에 어린 도저히 꺾을 수 없는 의지를 보고는 찬바람이 불 만큼 냉정하게 고개를 돌려 병실을 나가려고 했다. 그때,

　"바로슈 백작님께서 저를 훈련시켜 주실 수 없나요?"

　참 당돌한 성격이다.

　그런 데이비드를 향해 마리아 또한 지지 않았다.

　"적을 키우는 기사는 없습니다. 이만."

　딱딱하게 인사를 하고 병실을 나가 버린 마리아를 보고 데이비드는 한숨을 푹 쉬었다.

　"아, 정말⋯ 저런 성격인데 뭐가 좋다고 내가 이러는 건지, 나 원 참. 미쳤지, 미쳤어. 나도 정말⋯⋯."

　볼 때마다 자신은 전혀 안중에도 없는 마리아이지만 그래

도 포기하진 않았다.

"아, 그때 그 모습을 보지 말았어야 했어. 연무장 위에 당당하게 서 있는 그 모습을. 쩝."

뭐랄까, 세상을 내려다보는 듯한 당당한 마리아의 모습에 데이비드는 한순간이지만 모든 마음을 빼앗겨 버린 것이다. 물론 미인인 것도 한몫했다. 아무리 강하고 당당해도 못생기면 우선 첫인상에서 탈락이니 말이다.

"아, 그래도 그렇지, 적이라니……. 그래도 엄연히 영국 왕실의 자손인데 말이야. 쩝."

적이라고 표현한 마리아의 말에 데이비드가 상처를 받는 이유는 간단했다. 진심으로 하는 말이기 때문이다. 마리아는 자신과 대적하면 무조건 적으로 간주한다. 아무리 왕실의 자손이라도 대련장에 마주한 순간만큼은 적으로 생각하고 가차 없이 공격한다는 것은 이미 몸으로 알고 있는 데이비드였다.

"뭐… 어렵고 힘든 사랑일수록 그 가치도 빛나는 법이니까. 후훗."

마리아야 어떻든 데이비드는 결코 마리아를 포기할 생각이 없었다.

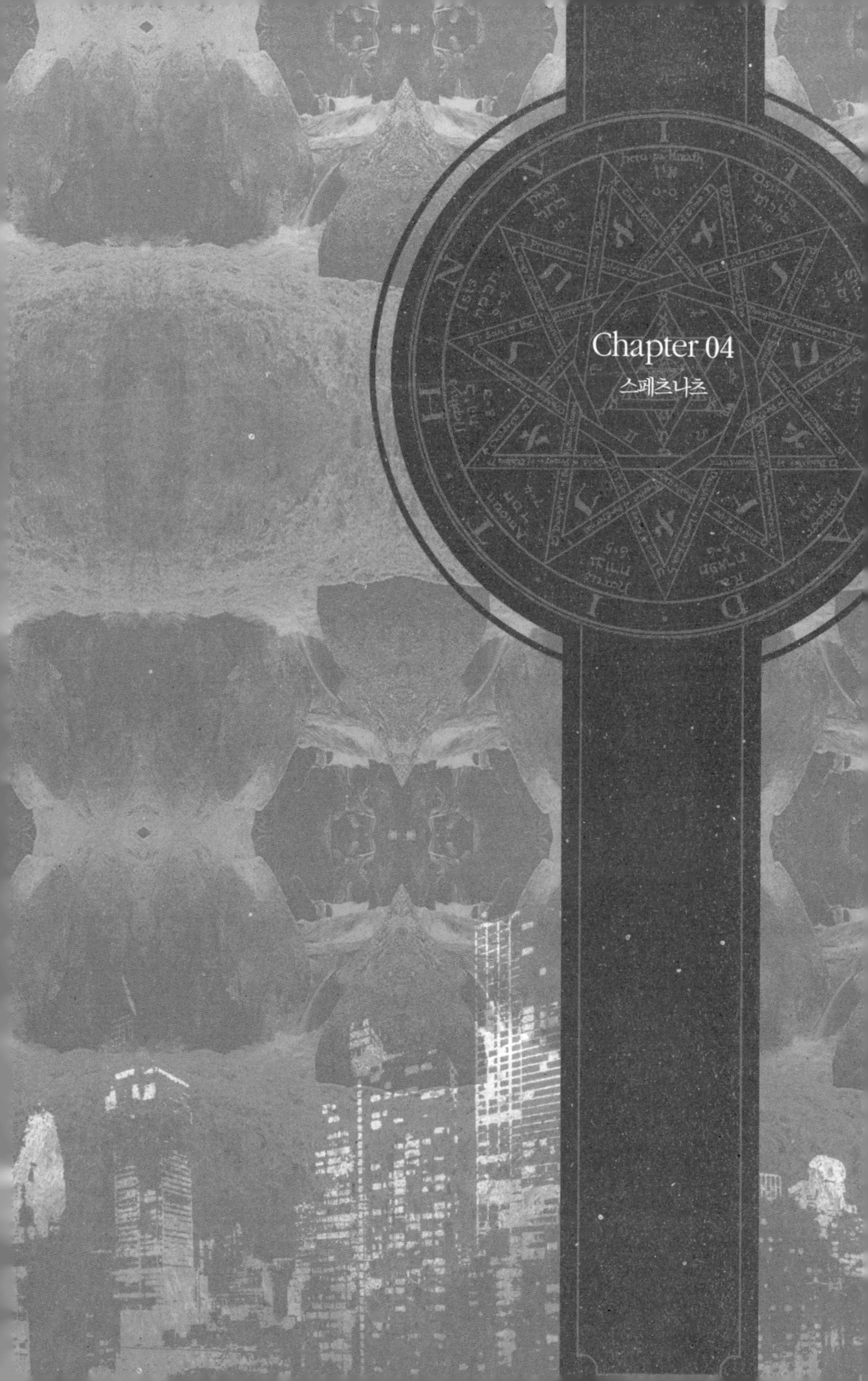
Chapter 04
스페츠나츠

데이비드의 병실을 나온 마리아는 조용히 병원 옥상에 올라가서 잠시 생각을 정리 중이었다. 어디서부터인지 이상하게 꼬여가는 것 같은 이번 일을 냉정하게 생각해 보고 싶은 마음이 들었기 때문이다.

10여 분이 흘렀을까? 찬바람을 맞으면서 머리를 식히고 있던 마리아의 눈빛이 순간 날카롭게 변했다.

"…하나, 셋, 다섯. 다섯이군."

가까이 와서 살기를 뿌리기 전까지 기척을 느끼지 못했다는 것에 마리아는 긴장했다. 마스터에 오르고 난 뒤 이처럼

누군가 다가오는데 느끼지 못한 경우는 현중을 제외하고는
처음이기 때문이다.

"나에게 볼일이 있나?"

마리아는 옥상 난간에서 몸만 돌려 뒤를 돌아보면서 말했
다. 시원한 바람이 부는 옥상에는 사람의 흔적이라고는 전혀
보이지 않는다.

하지만 마리아의 피부가 따끔거릴 만큼 날카로운 살기가
느껴지는데 눈에 보이지 않는다고 방심하는 것은 있을 수 없
는 일이었다.

"대답하지 않을 건가?"

여전히 여유있는 마리아의 모습에 적들도 숨어 있기보다
는 드러내는 것이 좋다고 판단한 듯하다. 아무도 없던 곳곳에
서 회색 위장복에 붉은 베레모를 쓰고 얼굴에 회색 위장 크림
을 잔뜩 바른 군인 다섯 명이 나타났다. 그중에 덩치가 크고
눈빛의 살기가 강한 남자가 마리아의 딱 3미터 앞에서 멈춰
섰다.

"스페츠나츠?"

마리아는 그들의 등장이 예상 밖이었다.

스페츠나츠는 1950년 소비에트 연방공화국(구 소련)에서
창설되었으며 현재는 러시아 특수부대였다. 서구의 전략 시
설물의 정보 수집, 파괴, 후방 교란, 요인 납치는 기본이고 암

살까지 하는 임무를 수행하기 위해 창설된 부대였다. 그들의 실력은 테러리스트도 무서워서 벌벌 떤다는 말이 있을 정도로 무시무시하며 영국의 SAS와 자웅을 겨루는 부대이기도 했다.

하지만 영국의 SAS와 다른 점이라면 훈련이 정말 무식하리만큼 강도가 세다는 것에 있었다. 영국은 점점 첨단화되어 가는 반면 스페츠나츠는 아직도 전통을 고수하는 훈련이 많은 편이었다. 총검에 단검을 장착해서 세워놓고 그 위를 뛰어넘는 훈련은 기본 중의 기본이었다.

그들의 무기 또한 특이해서 많은 사람들이 알고 있는데, 단검의 손잡이에서 총알이 발사되는 것도 있고 아예 단검 날이 발사되는 것도 있었다. 말 그대로 사람을 죽이기 위해 모든 것이 최적화된 부대라는 말이다.

'하필이면 스페츠나츠라니……'

마리아는 고운 얼굴에 주름이 살짝 잡힐 만큼 기분이 좋지 않았다. 가능하면 만나고 싶지 않는 녀석들을 만났기 때문이다. 스페츠나츠가 유명한 이유는 그들의 무자비함과 목적을 이루기 위해서는 그 어떤 수단도 가리지 않는다는 데 있었다.

유명한 일화로 1985년 베이루트 주재 소련 외교관이 이란의 테러리스트에게 억류되는 사건이 발생했다. 이 당시 소련의 파워는 미국과 함께 세계를 주무를 정도였기에 세계의 이

목이 집중되는 것은 당연했다.

그런데 얼마 지나지 않아 소련 외교관은 상처 하나 없이 풀려나게 되고 이란 테러리스트는 제 발로 물러났다. 테러리스트가 제 발로 물러나는 경우는 거의 없기에 모두들 사건의 진상을 궁금해했다.

나중에 알려진 내용은 충격적이었다.

스페츠나츠는 KGB의 정보력으로 이란 테러리스트의 신상 정보를 파악, 그 가족을 납치해서 신체 한 부분씩을 잘라, 가족사진과 함께 테러리스트에게 소포로 붙였다는 것이다.

당시 스페츠나츠 대원이 쓴 편지에는 이렇게 적혀 있었다.

인질을 풀어줄 때까지 너의 가족들의 사지를 하나씩 잘라 소포로 부쳐 주겠다.

아무리 테러리스트라지만 자신의 아내와 아들, 딸의 사지가 잘린 사진과 신체 부분을 소포로 받고 버틸 재간은 없다. 결국 테러리스트는 제 발로 물러날 수밖에 없었고, 곧 스페츠나츠의 공격을 받아 전멸해 버렸다.

이것만 봐도 이들이 어떤 녀석들인지 충분히 공감이 가는 부분이다. 특수부대 사이에서도 스페츠나츠라면 고개를 흔드는 사람들이 제법 있을 정도이니 무슨 말이 필요하겠는가?

　“바로슈 백작.”

　무미건조한 남자의 목소리는 허스키한 가운데 살기가 느껴졌다.

　“무슨 볼일이지?”

　이미 마리아는 마나를 활성화시켜 온몸의 세포와 근육을 최대한 긴장시킨 상태였다. 물론 검이 없긴 하지만 그렇다고 마스터가 특수부대 다섯 명을 상대로 불리한 것은 아니었다.

　“우리 것을 되찾으러 왔다.”

　“너희 것?”

　짐짓 모른 척했지만 스페츠나츠의 리더로 보이는 녀석은 눈동자의 흔들림조차 없이 똑바로 마리아를 바라보았다.

　“인어를 찾으러 왔다. 어디 있지?”

　현재 이들 스페츠나츠가 찾고 있는 메로우의 위치는 오직 마리아만 알고 있었다. 그만큼 보안에 신경을 쓰기도 했지만 그 누구도 믿을 수 없기에 낸 고육지책이기도 했다. 레이스와 메로우는 현재 같은 곳에 있었다. 물론 베이스퍼도 같이 있기에 크게 걱정은 하지 않지만 이들이 물어본다고 순순히 대답할 마리아도 아니었다.

　“후훗.”

　마리아는 스페츠나츠를 보면서 웃었다. 아무리 그들이 강해도 인간을 상대로 강할 뿐이다. 인간의 틀을 벗어난 초인인 마스터를 상대로는 어림 반 푼어치도 없는 협박인 것이다.

실제로 저격도 마리아에게는 불가능했다. 아무리 총알이 빨라도 10미터 전에 기척을 느끼고 피해 버리기 때문이다. 소리나 첨단 장비보다 확실한 마스터의 직감으로 말이다.

"내가 누군지 알고도 이렇게 나온다니 러시아도 애가 탄 건가?"

스페츠나츠 정도면 충분히 마리아가 누군지 알고 있을 것이다. 그런데 총 한 자루 없이 맨손으로 마리아를 협박하기 위해 겨우 다섯 명이 왔다는 것은 누가 봐도 미친 짓이었다. 총을 들고 난사를 해도 마리아를 잡을까 말까 한데 말이다.

그런데 마리아의 여유있는 미소가 지워지는 데는 불과 1분도 걸리지 않았다.

"마스터… 라는 것이 이런 것인가?"

스페츠나츠의 리더로 보이던 남자가 갑자기 몸에 힘을 주자 마리아의 눈이 찢어질 듯 커졌다.

"그, 그건… 포스!!"

확실하게 느껴졌다. 온몸에 세포 하나하나가 활성화되는 마나의 용트림을 말이다.

그와 동시에 마리아는 더욱 놀랐다. 그들 다섯 명 모두가 마스터였던 것이다.

"마스터라……. 별거 아니더군."

마치 마스터 자체를 우습게 보는 듯한 스페츠나츠의 비웃음에 마리아는 이를 악물었다. 전혀 예상 밖의 상황이 벌어진 것이다.

마스터라니? 그것도 다섯 명이나. 마스터의 출현이 전혀 감지되지 않았던 러시아에서 말이다. 거기다 지금 마리아 앞에 있는 스페츠나츠의 군인 나이는 아무리 위장 크림을 떡칠했다고 해도 20대로 보였기에 더욱 마리아는 놀라고 있었다.

"5대 1, 이 정도면 협박이 통하겠지?"

스페츠나츠의 리더가 보이는 웃음은 명백한 조롱이었고, 그걸 알고 있는 마리아는 이미 여유있는 표정이 사라지고 없었다. 그녀는 허리춤에 천천히 손을 가져가더니 팔뚝 길이만 한 작은 봉을 꺼냈다.

"어쩔 수 없이 이걸……."

뭔가 이미 지고 들어가는 싸움을 하는 듯한 말을 한 마리아는 작은 봉을 바닥을 향해 힘껏 휘둘렀다.

촤라라라라라락!!

겨우 20㎝ 정도 되어 보이던 봉은 무려 7단이나 늘어나더니 순식간에 웬만한 검의 길이만큼 늘어났다.

"크크큭, 진압봉인가? 그럼… 우리도……."

스페츠나츠의 리더가 슬쩍 오른손을 올려 주먹을 쥐어 보이자 일사불란하게 각자 품에서 커다란 단검을 양손에 꺼내

쥐었다. 그들이 취하는 자세를 본 마리아의 표정이 더욱 굳어
졌다.

"시스테마……."

보통 러시아 무술이라면 삼보를 생각하게 되겠지만 삼보
는 일반인에게 많이 전파된 무술이다. 반대로 시스테마는 확
실하게 상대를 제압하고 처리하기 위해서 만들어진 전문적인
무술이었다.

세계에 있는 모든 무술을 종합하여 연구소에서 물리학자
들이 실험까지 해서 만들어진 것으로 유명했다. 다만 군용 무
술의 특성상 일정단계를 넘어서기가 힘들다는 단점이 있긴
했지만 지금 마리아의 눈앞에 있는 다섯 명의 스페츠나츠는
그게 아닌 듯했다.

"러시아는 그동안 마스터를 숨겨왔단 말이군."

굳이 마스터를 밝힐 필요는 없었지만 암살 억지력과 대외
적 군사력 때문에 마스터가 탄생하면 국가적으로 보호하고
밝히는 편이었다. 전면전을 각오하지 않는 이상 상대 마스터
를 어떻게 하려는 것을 미연에 방지하기도 하고, 상대 국가나
단체에 억지력을 가지기 때문이다.

"……."

마리아의 말에 대답은 하지 않지만 대충 들어맞는 듯했다.

"바로슈 백작, 말하지 않으면……."

더 이상 말은 하지 않았지만 무슨 말을 하려는지 알 만했
다. 스페츠나츠의 성격을 보면 최소한 죽음이다. 그들은 목표
를 달성하기 위한 수단을 가리는 녀석들이 아니었기 때문이
다.

씨익~

마리아도 현중을 닮아가는지 갑자기 입가에 미소를 지으
면서,

"러시아는 전쟁을 원하는 모양이군."

국가 공인 마스터를 습격한다. 이건 명백하게 도발 행위나
마찬가지였다. 다만 습격당했다는 것을 아무도 모르고 있다
는 것이 문제였다.

"아니면… 내가 혼자가 되길 기다렸단 말이거나."

사사사삭!!

마리아의 말이 끝나자 순식간에 마리아를 에워싸 버린 스
페츠나츠는 노골적으로 살기를 뿜어내기 시작했다. 온몸의
세포를 활성화시켰는데도 넘치는 마나를 제어 못하는지 사방
에 마나를 뿌려대고 있었다.

마리아는 그런 현상보다는 이들을 어떻게 처리할 것인지
그게 먼저였다.

마스터 다섯 명과의 싸움.

말이 5대 1이지 실제 일반적인 상식으로 판단하면 1대 500

명의 싸움이나 마찬가지였다. 그만큼 마리아의 상황이 불리하다는 말이다.

촤아악!

마리아는 진압봉에 마나를 불어넣어서 검강을 만들었다. 여유? 그런 건 자만이었다. 이미 현중과의 싸움에서 자만이 얼마나 뼈저리게 아픈 패배를 주는지 알고 있기에 상대가 마스터에 근접했다는 것을 느끼자 곧바로 전력으로 힘을 쓰기로 한 것이다.

마리아가 마스터의 증거인 검강을 뿜어내자 스페츠나츠 녀석들도 단검에 마나를 불어넣어 검강을 만들었다. 언뜻 보기에는 마리아가 유리해 보일 것이다. 장검을 주로 다루고 검강으로 만들어진 길이가 긴 진압봉까지 가지고 있으니 말이다. 하지만 실제 전투에서는 반대로 마리아가 불리했다.

옛날 중세시대나 장검이 좋고 주 무기였지 현대전에서의 장검은 오히려 빈틈만 크게 만들어내는 것에 불과했다. 다만 마리아가 마스터에 올랐고 신체 능력이 상식을 벗어나기에 지금까지는 문제가 될 것이 없었다. 하지만,

"마지막으로 묻는다. 인어는 어디에 있지?"

스페츠나츠의 리더가 음성의 변화 없이 똑같은 질문을 되풀이했지만 마리아의 대답도 똑같았다.

"어디 알아내 봐."

척!

마리아의 검이 낮게 깔리면서 먼저 가장 중앙의 강해 보이는 스페츠나츠의 리더를 향해 힘껏 뛰어들었다. 마리아의 특기인 순간 가속 이동을 사용한 공격이었다.

눈 깜박할 사이에 마리아의 신형이 그들의 시야에서 사라졌다. 하지만 조금의 동요나 흔들림도 없는 스페츠나츠는 꿈쩍도 하지 않고 그 자리에 서서 자신의 위치를 고수할 뿐이었다.

쾅!!

진압봉과 단검이 부딪쳤다고는 느낄 수 없는 강렬한 충격음이 들리면서,

"크윽!"

스페츠나츠의 리더는 마리아의 공격을 정면에서 받은 충격으로 뒤로 밀렸다. 하지만 마리아도 마찬가지였다.

주르륵!!

시멘트 바닥에 거칠게 미끄러지면서 몇 발자국 밀려났다. 스페츠나츠의 리더보다는 확실히 덜 밀리긴 했지만 본래 마리아의 의도대로라면 리더가 저 구석에 처박혀서 나가떨어져야 했었다. 그것이 실패한 것이다.

거기다 오히려 옥상 난간에 서 있어서 뒤쪽은 안전했던 조금 전과 달리 순식간에 남은 네 명의 스페츠나츠에게 사방을

둘러싸여 버렸다.

"이래서 군인과 싸움은 짜증난다니까."

신경질적으로 혼잣말을 내뱉은 마리아는 자세를 낮추면서 진압봉을 허리춤으로 끌어들였다.

그녀의 모든 동작이 멈추었다.

척!

마리아가 진압봉을 허리춤으로 끌어들인 자세에서 멈추자 막 달려들던 스페츠나츠도 동작을 멈췄다. 직감적으로 느낀 것이다. 더 이상 가까이 가면 무슨 일이 생긴다는 것을 말이다.

"쓰읍."

완전히 둘러싸인 마리아. 스페츠나츠 네 명이 고요하게 멈춘 와중에 뒤로 밀려났던 리더가 입가의 미세한 선혈을 손등으로 닦아내면서 마리아를 차갑게 노려봤다.

'역시 공인 마스터란 말인가.'

그는 스페츠나츠 중에서도 톱클래스에 올라 있는 사람이었다. 그런데 아무리 기습이라지만 자신은 내장이 뒤틀리는 고통과 함께 2미터 가까이 밀려난 반면, 마리아는 겨우 몇 발걸음 밀렸을 뿐이다. 이것만 보면 완벽한 자신의 패배였다.

하지만 무술가들이나 패배를 인정한다. 자신들은 군인이었다. 명령에 죽고 명령에 사는 군인 말이다.

"쳐라!"

리더의 명령이 떨어지자 대치 중이던 스페츠나츠들은 동시에 마리아를 향해 일체 고민도 없이 뛰어들었다. 뒤쪽의 녀석은 다리를 향해, 양쪽 옆에 있던 녀석들은 각자 팔을 향해, 정면에 있던 녀석은 과감하게 마리아의 품속으로 뛰어들었다.

그와 동시에 마리아의 허리가 맹렬하게 회전하면서 진압봉이 번쩍이는 빛을 남기고 모두의 시야에서 사라졌다.

꽈쾅!!

털썩털썩, 털썩털썩.

"……!!"

최소한 제압하는 데는 문제없을 것이라고 생각했던 스페츠나츠의 리더는 자신이 본 것을 믿을 수 없다는 듯 두 눈을 부릅떴다.

단 일격!

마리아는 발검 자세를 취한 상태였다. 흔히들 발검은 일격필살이라고 부른다. 그리고 발검에는 치명적인 약점이 있으니, 바로 검을 휘두르는 반대쪽은 완전 무방비 상태가 된다는 것이다. 이미 세상의 모든 검술, 무술을 체계적으로 분석해서 만들어낸 러시아가 자랑하는 시스테마를 극한까지 몸에 익힌 스페츠나츠가 그걸 모를 리가 없다.

장점만 뽑아서 배우는 게 아니라 약점 또한 알아내서 대응한다는 게 시스테마의 궁극적인 목표이기 때문이다.

"말도 안 돼. 어떻게… 360도를 전부… 공격할 수……."

거기다 이제 갓 검강을 단검에 겨우 뽑아내는 정도의 실력이지만 무려 네 명의 공격이었다. 허무하리만치 단 일격에 네 명의 스페츠나츠는 입에 피를 토하면서 사방으로 나가떨어졌다.

여전히 검강을 뿌려대는 진압봉을 들고 오만하게 서 있는 마리아가 날카로운 눈으로 스페츠나츠의 리더를 노려보았다. 리더도 곧 각오를 한 듯 양손에 단검을 뽑아 들고 자세를 낮춰서 마리아의 공격에 대응할 준비를 했다.

스르륵.

마리아도 다시 진압봉을 허리로 끌어당기면서 발검 자세를 취했다.

그때,

"그만하면 물러나도 될 것 같은데요?"

"……?"

스페츠나츠의 두목은 자신의 바로 뒤에서 들리는 목소리에 황급히 고개를 돌리면서 단검을 휘둘렀다. 하지만 허무하리만큼 간단하게 양손의 단검이 잡혀 버렸다. 그와 동시에 뭔가 따끔한 느낌이 드는 것과 동시에 온몸이 굳어버리는 걸 느낄 수 있었다.

"…너는… 누구… 냐?"

힘겹게 벌어지지 않는 턱을 벌려 말을 하자 대답 대신 싱긋 웃는 미소를 보인 검은 흑발의 젊은 청년은 스페츠나츠의 눈동자를 가만히 응시하더니,

"알렉산드로 체르늬하."

"……!!"

알렉산드로 체르늬하는 순간 눈동자에 실핏줄이 터질 만큼 놀랐다. 자신의 이름을 정확하게 말했기 때문이다.

검은 흑발의 청년은 그대로 그의 곁에서 멀어져 마리아에게 다가갔다.

"현중 씨……."

마리아는 청년이 누군지 미처 몰랐다. 잔뜩 긴장하고 상대의 공격을 대비하려는 찰나, 상대의 등 뒤에서 홀연히 그가 나타나더니 상대를 가볍게 제압한 것이다. 목소리를 듣고 나서야 그가 현중임을 알았다.

"무리했군요."

현중의 눈에는 마리아의 마나가 요동치는 게 고스란히 보였다. 단전은 불규칙하게 용트림했고 마나가 다니는 혈맥도 제법 손상이 있어 보인 것이다. 그런데 그건 알렉산드로 체르늬하와 격돌해서 생긴 내상이 아니었다.

　본래 마스터간의 격돌에서 한쪽이 우세할 경우 모든 데미지는 약한 쪽으로 흘러가게 되어 있었다. 마나가 살아 있기에 보이는 특이한 현상이었다. 그런데 지금 마리아는 보이지 않지만 내상이 제법 심한 상태에 있었다.

　"꼭 필요할 때마다 현중 씨는 나타나는군요."

　마리아는 현중이 자신의 곁에 다가와 서는 순간, 긴장감이 저절로 풀리며 살짝 현기증이 났지만 겨우 참았다.

　현중도 우선 적이 보는 앞에서 마리아가 다친 것을 알려봐야 좋을 것 없다는 판단에 조용히 고개를 돌려 주변을 살펴봤다.

　"아직 살아 있군."

　마리아의 일격에 튕겨져 나간 네 명의 스페츠나츠 대원은 마스터였기 때문인지, 마리아가 검이 아니라 진압봉으로 공격해서인지 아직 살아 있었다. 물론 당장 일어서는 것은 불가능해 보이긴 했지만 말이다.

　"계속할 건가?"

　현중이 조용히 알렉산드로 체르늬하를 바라보면서 웃음을 보이자 그가 현중의 눈동자를 피했다. 상대가 눈동자를 피했다는 것은 항복의 의미도 있었다.

　객관적으로 보면 절대 불리한 상황은 아니다. 하지만 좀 전에 저 의문의 청년이 보인 실력은 결코 지금의 상황이 유리하지 않음을 알려주는 증거였다.

툭.

현중은 알렉산드로 체르늬하가 항복한다는 표현을 하자 슬쩍 곁으로 다가가서 그의 어깨를 한번 건드렸다.

털썩!

그 순간 마치 줄이 끊어진 인형처럼 그가 그대로 바닥에 주저앉아 버렸다. 혹시나 몰라 현중이 그의 몸은 풀어주었지만 반대로 단전을 묶어버렸기 때문이다.

"응?"

그 와중에 현중은 아주 익숙한 것을 느끼게 되었다.

'마나석, 그것도 카이쇼 무사시와 비슷한 S급 마나석이야.'

하지만 현중은 우선 모른 척했다.

그가 몇 발자국 뒤로 물러나자 알렉산드로 체르늬하는 힘겹게 고개를 들어 현중을 바라보면서 물었다.

"…그들이 보냈나?"

"그들?"

현중은 알렉산드로가 말하는 그들이 누군지 몰랐다. 하지만 약간의 속임수를 쓰기 위해서 어깨를 슬쩍 으쓱거리자,

피식~

"그들이 보낸 게 아니군."

현중의 제스처만 보고도 단번에 알아낸 알렉산드로는 일어서려다 다시 주저앉아 버렸다. 결국 일어서는 걸 포기한 그는 현중을 향해 말했다.

"죽여라."

담담하게 눈까지 감고 편안한 얼굴로 앉아 있는 모습은 일본 영화에서 본 할복을 하려고 준비 중인 일본 무사들과 같은 느낌이 들었다.

하지만 그건 알렉산드로의 생각이고 현중은 그를 죽일 생각이 없었다.

카이쇼 무사시가 말했던 그들과 지금의 알렉산드로가 말한 그들이 왠지 같은 녀석들일 것 같다는 느낌이 들었기 때문이다.

S급 마나석을 본 것만 벌써 여섯 개다.

카이쇼 무사시나 알렉산드로의 경우를 봤을 때, 마나석으로 마스터의 경지로 이끌 수 있는 것 같다. 하지만 결국 그게 다인 듯했다.

간단하게 말하면 같은 진검을 줘도 사람에 따라 그걸 능숙하게 다루는 사람과 그렇지 못한 사람이 나눠지듯, 마나석으로 마스터를 만들었다 해도 그걸 사용하는 사람의 능력에 따라서 위력은 하늘과 땅 차이란 것이다.

그것을 증명하듯 마리아의 일격을 받아낸 알렉산드로는

내상을 입긴 했지만 버티는 반면 다른 네 명은 나가떨어져 숨만 붙어 있는 것을 보면 충분히 알 수 있었다.

부스럭.

현중이 알렉산드로의 곁으로 다가가 눈높이를 맞추기 위해 쪼그려 앉았다.

"그들이 누구지?"

"……."

눈을 감은 알렉산드로는 대답을 하지 않은 채 조용히 숨만 고르고 있을 뿐이었다.

그걸 본 현중은 피식 웃으면서 다시 일어섰다.

군인이란 일반적인 상상을 벗어날 만큼 무식하고 저돌적이기도 하지만 그와 동시에 엄청나게 고집이 센 기질을 지니고 있다.

뭐, 첩보부 녀석들도 마찬가지겠지만 말이다.

"이봐, 사람이 말을 하면 최소한 눈을 보면서 말해야 되는 거 아닌가?"

현중이 일부러 알렉산드로에게 살짝 화가 난 듯 말하자 그제야 천천히 감은 눈을 뜬 알렉산드로. 현중은 그 순간을 놓치지 않고 천심통을 발휘해 알렉산드로의 기억을 읽기 시작했다.

"……."

“······.”

잠시 몇 분간 현중과 알렉산드로는 서로 아무 말 없이 쳐다보기만 했다. 그러다 불현듯 현중이 벌떡 일어서더니 마리아의 곁으로 돌아왔다.

고개만 슬쩍 돌려 알렉산드로를 보고는,

“돌아가도록 해. 어차피 우리가 움직이면 보고 싶지 않아도 또 보게 되겠지, 알렉산드로 체르늬하 대령?”

“…흠.”

알렉산드로는 조용히 신음 소리만을 내긴 했지만 많이 놀란 듯 눈동자가 심하게 흔들렸다. 현중이 이름뿐만이 아니라 계급까지 정확하게 말한 것이다.

원래 알렉산드로는 스페츠나츠 중에서도 빔펠부대에 있다가 특수작전부로 옮긴 사람으로, 그 능력을 높이 인정받아 정부의 중요 인사를 경호하는 일을 하고 있었다. 하지만 역시나 누군가를 경호하는 일은 적성에 맞지 않았는지 다시 빔펠부대로 넘어왔다.

그런데 이번 임무는 전에 경호했던 정부의 중요 인사가 알렉산드로에게 직접 명령을 내린 것으로, 알파부대에서 두 명, 알렉산드로를 포함 빔펠부대 세 명 이렇게 차출되었다.

그 임무는 영국에서 인어를 다시 되찾아 오는 것이었다.

그리고 이번 특수 임무를 부여받으면서 비밀리에 그들에

게 내려진 상과 같은 마나석을 몸에 집어넣고 잠시 동안 적응 기간을 거쳤다.

그동안 그 누구보다 빠르게 마나석을 제어하면서 자신의 능력을 극대화시키는 데 성공한 알렉산드로 체르늬하 대령이 리더를 맡았고, 나머지는 명령을 받는 체계가 만들어진 것이 다.

현중은 이미 알렉산드로가 기억하는 모든 것을 천심통을 이용해 모조래 알아내 버렸다.

카이쇼 무사시는 실력은 조금 떨어지긴 했지만 특유의 자존심 때문인지 아니면 정말 모르는 것인지 천심통으로도 쉽게 알아낼 수 없었다.

하지만 알렉산드로는 군인으로서의 임무 때문에 최근에 마나석을 주입했다.

그렇기에 그것이 어떤 역할을 하고 마스터가 되는 게 어떤 건지 전혀 모르고 있었다.

그저 넘겨받은 임무 전달서만 보고 마스터가 제법 강하다 는 것만 알고 있을 뿐이었다.

그렇기에 이처럼 일반적인 포위 작전을 펼쳐 허무하리만 큼 쉽게 패한 것일지도 몰랐다.

"그럼 이만. 나도 바빠서 말이야."

현중은 알렉산드로가 보는 앞에서 마리아의 허리를 슬쩍

껴안고는 축지법으로 사라져 버렸다.

“……!!”

알렉산드로는 생전 처음 눈앞에서 사람이 사라지는 모습에 놀라서 두 눈을 부릅떴다가 잠시 후에는 웃었다.

“크크크, 크크크. 강하군. 너무나 강해.”

뭐가 기분이 좋은지 잠시 동안 그렇게 웃으면서 앉아 있기를 몇 분이 지났을까?

병원 옥상의 문이 열리면서 검은 정장에 눈동자가 보이지 않을 만큼 진한 선글라스를 쓴 요원들이 나타났다.

그들은 주변을 살피고는 꿈쩍도 하지 않는 네 명 외에 멀쩡하게 앉아 있는 알렉산드로에게 다가갔다.

“결과는?”

그들에게 스페츠나츠의 안위 따위는 상관없다는 듯 임무의 성공 여부만 물어왔다. 알렉산드로는 슬쩍 날카롭게 그들을 바라보면서,

“실패했다.”

“이유는?”

“검은 머리카락의 20대 초반의 동양인 청년의 개입으로 실패했다.”

“…알았다.”

알렉산드로의 눈동자를 잠시 바라보던 요원은 곧 일어서

손짓했다.

그러자 수십 명의 요원이 쏟아져 나와 곧 스페츠나츠 다섯 명을 모두 데리고 옥상에서 사라져 버렸다.

—재미있게 돌아가는군.

옥상에서 완전히 인기척이 사라졌을 때 옥상 구석의 어두운 곳에서 테른이 천천히 걸어나왔다. 주변을 살펴보던 그는 저 멀리 검은색 벤을 타고 사라지는 요원과 스페츠나츠를 지켜보고는 씨익 웃었다.

카이쇼 무사시는 개인적으로 마나석을 구해서 마스터가 된 듯했다. 하지만 지금 본 스페츠나츠는 조직적으로 국가에서 S급 마나석 다섯 개를 구해 이들에게 주입했다는 것을 확실히 알 수 있었다.

—내 생각이 틀렸군. S급 마나석이 총 여섯 개라……. 그 정도면 마계로 가는 차원의 문도 열 수 있겠군. 쩝.

S급 마나석은 그 희소가치와 마나가 축척되는 농도 때문에 대륙에서도 정말 몇 천 년에 한 개 볼까 말까 한 귀중한 것이다.

그것을 지구에서 무려 여섯 개나 본 것이다.

그것도 모두 사람의 몸속에 주입해서 단번에 마스터를 만들어 버리는 기이한 형태로 말이다.

이미 한번 사람의 몸속에 주입된 마나석은 마나가 가지는 특유의 특징에 따라 사람의 몸에 흐르는 마나를 자기 것으로 만들며 완전히 정착한다.

그래서 강제로 마나석을 뜯어내 봐야 그냥 돌덩이나 다름없다.

한마디로 사람 몸속의 S급 마나석은 한번 적응해 버리면 일회용으로 변한다는 말이다. 이건 테른이 전에 제이슨의 몸에서 나온 마나석을 다각도로 오랫동안 연구해 본 후 나온 결론이다.

―궁금하군. S급 마나석 여섯 개면 마계로 가는 차원의 문을 열 만큼 강한 마법진도 만들 수 있는데, 아무리 마스터를 만들 수 있다지만 쉽게 마나석을 뿌리는 녀석들의 정체가 말이야.

솔직히 테른도 S급 마나석이 탐이 났다.

그것만 있으면 굳이 힘들게 마기를 보충하기 위해 현중의 그림자에 들어가지 않아도 어느 정도 버틸 수 있기 때문이다.

그리고 마법을 사용할 수 없는 현중에게는 그저 비싼 돌에 지나지 않지만 테른에게는 마나석만큼 좋은 장난감도 없었다.

알고 싶어졌다, S급 마나석을 만드는 방법을 말이다.

씨익~

테른의 입가에 미소가 번지면서 진득한 살기가 묻어 나왔
다.
　그리고 조용히 자신이 나타났던 구석의 어둠 속으로 녹아
들었다.

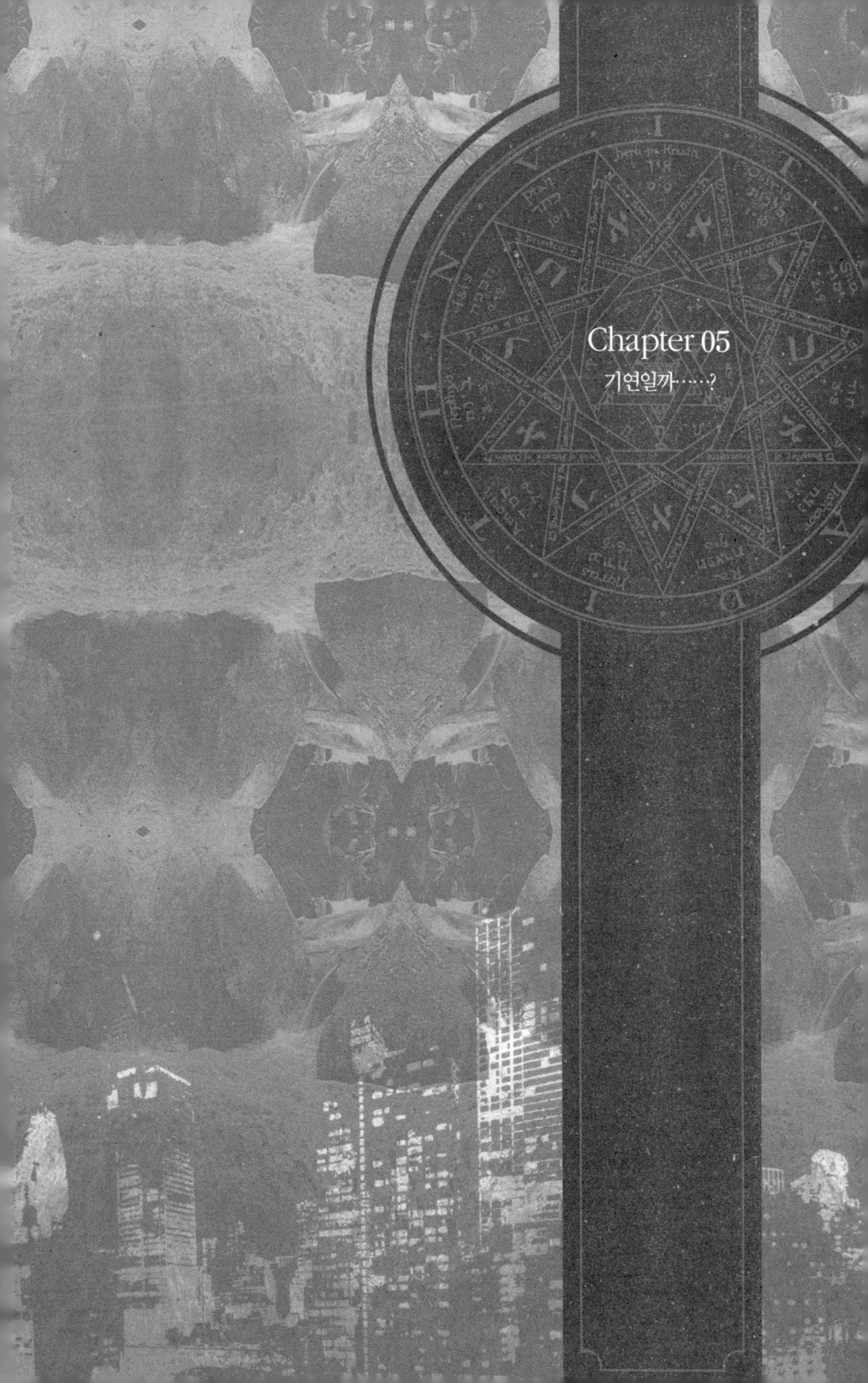

Chapter 05
기연일까……?

　현중은 축지법으로 마리아를 영국박물관 지하에 있는 연구실로 데리고 왔다. 이미 현중의 능력을 알기에 마리아는 별로 놀라지도 않았다.

　현중이 허리를 풀어주자 그녀는 슬쩍 한 발짝 물러나더니 헛기침을 하고는 머리를 정리하는 척하면서 딴 짓을 했다.

　현중은 우선 마리아가 위험하다는 테른의 말에 급히 왔던 것이라 다시 되돌아가려고 했다. 그런 그를 마리아가 불러 세웠다.

　"현중 씨."

“네?”

“말해주세요.”

“뭘요?”

현중은 슬쩍 모른 척 발뺌을 했지만 마리아는 뭔가 알고 있는 듯 현중의 곁으로 다가서서는,

“스페츠나츠에게서 알아낸 정보 말이에요.”

얼굴을 마주보고서 똑바로 물어보는 마리아.

그런 마리아의 얼굴을 똑바로 보고 있는 현중은 너무나도 자연스럽게 대답했다.

“무슨 소릴 하는지 모르겠네요.”

“저에게도 정보를 넘겨주지 않으실 건가요?”

서운한 표정을 지어 보이는 마리아였지만 현중은 한층 미소를 진하게 만들었다.

“아직은 말해 드릴 만한 정보는 없기 때문에 그렇습니다.”

“…….”

현중의 말투나 표정을 보면 정말 모른다고 속아 넘어갈 정도로 자연스러웠다. 하지만 현중의 능력을 조금이나마 느끼고 있는 마리아는 분명히 뭔가 숨기고 있다는 것을 알고 있었다.

하지만 더 이상 캐내기를 포기하고는,

“좋아요. 대신 때가 되면 저에게 말해주겠죠?”

"음……."

현중은 너무나 쉽게 포기하는 마리아의 행동에 장난치듯 조금은 과장된 행동으로 고민하는 척했다.

"그보다 내상을 치료하지 않으면 안 되겠죠?"

현중이 자연스럽게 다가와 마리아의 뒤에 서더니 마리아의 등에 손바닥을 댔다.

"우선 편안하게 숨을 쉬세요. 그냥 잠들기 전에 침대에 누웠다고 생각하면 편할 겁니다."

현중은 그게 가장 비슷한 비유이기에 생각나는 대로 말했을 뿐인데, 마리아는 순간 침대 이야기에 혼자 무슨 상상을 했는지 귓불이 붉어졌다.

"헙!"

하지만 혼자만의 상상은 금세 깨어지고 곧 마리아 스스로도 처음 겪어보는 이상한 느낌에 휩싸였다.

현재 현중은 마리아의 마나를 자신의 마나로 움직여서 다친 혈류와 혈맥 쪽에 흐르는 마나의 양을 제어하려고 했다. 무리하게 마나를 운용해서 생긴 것이라 약간의 마나 조절만 하면 자연적으로 치유가 되기 때문이다. 그런데 현중이 마리아의 혈류에 마나가 닿았을 때 고개를 갸웃거렸다.

'혈류가 넓어? 혈맥도 튼튼해졌는데?'

뜻밖에도 보기에는 무리해서 혈류와 혈맥이 다친 것처럼

보였지만 실제 현중이 살펴본 결과 전혀 이상이 없었다. 잠시 마나가 많은 양이 움직여서 혈류와 혈맥에 잔존 마나가 남아 있다 보니 현중의 눈에 그렇게 보인 것이다. 그보다 현중은 지금 마리아의 상태를 보고는 슬쩍 보이지 않게 미소를 지었다.

'벽만 넘으면… 두 번째 마이스터가 탄생하겠군.'

자세하게 머리끝부터 발끝까지 마리아의 마나를 인도하면서 살펴본 결과, 이미 마리아의 몸은 마이스터에 근접해 있었다. 혈맥은 일반 마스터의 세 배까지 넓어져 있었고 혈류는 자살할 생각으로 마나를 사용하지 않는 이상 잠시 쉬면 곧바로 정상으로 돌아올 만큼 튼튼해져 있는 것이다.

몸으로만 보면 거의 마이스터에 근접한 상태였다. 대륙에서 마스터를 나누는 단계로 말하면 최상급 소드 마스터에 다다랐다고 할 수 있었다.

다만 베이스퍼처럼 깨달음이 없기에 아직 벽을 넘지 못해 이대로 머물러 있을 뿐이었다.

여자의 몸으로 소드 마스터가 된 것도 현중에게는 놀라웠는데 이제는 그것도 넘어 마이스터를 바라보고 있는 것이다.

그런데 그 순간 현중은 엉뚱한 상상을 했다.

'이대로 마이스터에 오르면 젊어질 텐데…… 그럼 10대 소녀로 돌아가는 건가?'

아직 20대에 육체가 젊어지는 마이스터에 다다른 사람을 본 적이 없기에 현중도 어떨지 예상하지 못했지만 혼자만의 상상이었다. 그리고 지금도 자체 발광하는 마리아의 미모가 어려진다고 생각하면 예쁘다기보다는 귀여울 것 같다는 생각도 들었다.

"풋."

"……?"

갑자기 자신의 상상에 웃음이 터진 현중이 급히 입을 다물어 웃음소리가 크게 나오진 않았다. 뭐 웃었다고 해도 현재 현중이 이끄는 대로 마나를 움직이는 데 집중하고 있어 듣지 못할 테지만 말이다.

"잠시 포스를 제어하면서 몇 번 회전시키세요. 그럼 안정이 될 겁니다."

현중은 사실 별로 한 것도 없지만 그래도 마리아에게는 일주천이라는 개념이 없는 것 같아 설명을 덧붙이는 것을 잊지 않았다.

"고마워요. 포스를 이렇게 몸 구석구석까지 퍼뜨릴 수 있는지 처음 알았거든요. 정말… 고마워요."

마나를 사용하는 사람에게 마나의 사용에 대한 새로운 길을 알려주는 것은 사람에 따라 기연에 가까운 행운일 수도 있었다. 물론 현중은 마리아의 상태가 궁금해서 평소에 자신이

하는 일주천대로 마리아의 마나를 움직였을 뿐이지만 마리아
는 처음으로 마나를 이렇게도 사용할 수 있구나 하고 느낀 것
이다. 그리고 지금까지 자신이 얼마나 바보같이 마나를 사용
했는지도 깨달았다.

그저 온몸 세포 하나하나에 마나를 주입해서 몸의 움직임
을 극대화하는 것만 최고로 생각했는데 현중이 알려준 일주
천이라는 것을 한 번 경험하고 나자 마리아에게는 신세계였
다.

마나가 머리끝부터 발끝까지 한 바퀴 돌았을 뿐인데, 마나
의 소모도 훨씬 적으면서 온몸의 세포 하나하나가 살아나는
것 같은 느낌을 받았기 때문이다.

즉, 일주천은 적은 양의 마나를 사용해서 최대한의 효과를
뽑아내는 것이다.

베이스퍼는 마이스터에 오르면서 육체가 젊어지며, 몸이
스스로 일주천을 하는 단계이니 필요가 없었다. 하지만 마리
아에게 정말 필요한 것 중 하나가 바로 일주천이었다.

그러니 마리아가 현중에게 이렇게 고맙다고 하는 것은 충
분히 그럴 수 있었다. 새로운 마나 로드를 알려준 스승이나
다름없으니 말이다. 물론 현중은 그럴 생각이 전혀 없었지만
말이다.

결과적으로 스페츠나츠의 습격은 마리아에게 득이 되는

결과를 낳았다. 물론 그들이 마리아에게 해준 것은 없지만 가장 결정적인 계기를 만들어준 것은 사실이니 말이다.

"그럼 이쯤에서 전 한국으로 갔다가 다시 오죠."

현중이 다시 돌아가려고 하자 마리아가 불러 세웠다.

"현중 씨, 정말 스페츠나츠에게 알아낸 정보를 말해주지 않을 건가요?"

마리아에게 고마운 것은 고마운 것이고 일은 일이었다. 전면전으로 번질 수도 있는 러시아의 무식한 행동에 대해서 알아야 할 권리가 있는 것이다. 물론 마리아 입장에서는 말이다.

하지만 현중에게는 아직 마리아가 완벽하게 등을 맡길 수 있는 사람이 아니었다.

서로 필요에 의해서 같이 행동하고 있다고 해야 하는 게 정확하다. 마리아의 물음에 현중은 웃으면서,

"나중에도 제 옆에 있다면 말해 드리죠. 그럼 이만."

스스륵.

마리아가 뭔가 말하기도 전에 현중은 그렇게 사라져 버렸다.

그런데 마리아가 있는 영국박물관에서 사라진 현중은 조금 전 스페츠나츠와 마리아가 싸웠던 병원 옥상에 다시 모습을 드러냈다.

"벌써 데리고 갔군."

ㅡ네, 마스터.

현중의 그림자에서 불쑥 나타난 테른은 언제나처럼 현중보다 한 발짝 뒤에 섰다.

"그들이 간 곳은?"

ㅡ이곳에서 북쪽으로 번화가와 제법 떨어진 외곽 지역의 목장이었습니다.

"목장이라……. 그곳이 베이스캠프인가 보군."

ㅡ그렇습니다. 확인해 본 결과 러시아 정부에서 직접 인어를 되찾으라는 명령이 내렸다고 합니다. 하지만 실패해 버린 결과 그들이 어떻게 움직일지는 좀 더 지켜봐야 할 것 같습니다. 그보다 그들이 마스터에 대한 조사를 시작했습니다.

"나를?"

ㅡ네, 마스터. 알렉산드로 체르늬하가 말한 동양인 청년에 대해서 조시를 시작했습니다. 그들의 정보력과 마리아 스핀바로슈 백작과 마스터의 관계를 생각할 때 빠르면 몇 시간 안에 마스터에 대한 정보가 그들에게 알려질 것 같습니다.

"몇 시간이라……. 생각보다 빠르군."

ㅡ처리할까요?

"아니. 그냥 놔둬."

생각보다 러시아 정보부의 대응이 빠르긴 하지만 오히려

현중에게는 좋은 일이었다. 물론 그렇게 조사하라고 알렉산드로 체르늬하를 살려둔 것이고 말이다. 꽁꽁 숨어 있는 사이언톨로지 녀석들을 끌어내려면 어떻게든 현중이 계속 그들의 신경을 건드려야만 했다.

하지만 러시아 정부까지 개입된 것을 보니 규모가 생각 이상으로 큰 것은 확실했다.

그보다 궁금한 것은 카이쇼에게 마나석을 넣어주고 조용히 숨죽이고 있던 사이언톨로지 녀석들이 갑자기 러시아 스페츠나츠에게 무려 다섯 개나 되는 S급 마나석을 제공한 이유였다.

그동안 어둠 속에서 그 누구도 모르게 숨어 있던 녀석들이 너무 노골적으로 움직이는 게 눈에 보이기 때문이다.

"설마……."

―왜 그러십니까, 마스터?

"테른, 녀석들이 한국에서 갑자기 철수했다고 했지?"

―네, 그렇습니다. 갑작스럽게 완전히 한국에서 철수해 버렸기에 더 이상 추적은 불가능했습니다.

"…흠, 스페츠나츠, 다섯 개나 되는 S급 마나석이 갑자기 나타난 것, 러시아 정부에 개입한 것, 모두 하나로 연관되지 않아?"

현중이 추리하듯 말하자 테른의 표정이 살짝 바뀌더니,

─오리하르콘. 이미 저희가 알기 전부터 사이언톨로지는 오리하르콘을 알고 있었다는 결론밖에 나오지 않습니다.

"그렇지? 석유회사 하나를 눈뜨고 나에게 빼앗겼는데도 조용히 철수를 했다……. 그렇다면 석유회사 하나쯤은 아무렇지 않을 만큼 커다란 먹잇감이 생겼다는 건데, 이 모든 상황을 종합해 보면 결론은 하나야. 이미 녀석들은 오리하르콘의 존재를 최소한 나보다 먼저 알고 있었다는 말밖에 되지 않는군."

석유 정도는 상대도 되지 않을 만큼 엄청난 자원 가치가 있는 것은 현재 오리하르콘뿐이다. 그리고 러시아 정부에까지 개입한 것을 보면 당연히 미국에도 사이언톨로지의 개입이 있었을 것이다. 그럼 스페츠나츠의 대원인 알렉산드로 체르늬하를 포함해 다섯 녀석이 S급 마나석으로 마스터가 된 것은 충분히 있을 수 있는 일인 것이다.

"어떤 면에서는 존경스럽군. 지구에서 S급 마나석을 무려 여섯 개나 만들어 내다니. 아니, 어쩌면 더 있을지도 모르겠군."

─그렇습니다. 아직 몇 개나 더 있을지 예상을 할 수가 없습니다.

테른도 자신의 상식으로 예상했던 것을 완전히 버렸다. 그러면서 문득 생각나는 것이 다이아몬드를 인공적으로 만드는

것이었다. 자연적으로 만들어지려면 수천 년의 세월은 기본
이고 엄청난 압력과 온도가 필요한 것이 다이아몬드였다.

금강석은 말 그대로 금처럼 귀하고 그 어떤 것보다 강한 돌
이기에 붙여진 이름이다. 그런데 그걸 불과 며칠 만에 인간들
은 만들어냈다. 인공적으로 말이다.

그걸 생각하면 S급 마나석이라도 결코 불가능하지 않을 것
이라는 생각이 들기 시작한 것이다.

그리고 테룬은 자신이 아는 상식은 마나가 풍부했던 차원
너머의 대륙에서나 통하는 상식이라는 것을 이제 피부로 느
낄 수 있었다. 어떤 면에서는 마법을 능가하는 과학의 힘이
테룬이 생각하는 것 이상이리라는 느낌이 든 것이다.

"어차피 오리하르콘을 찾게 되면 제 발로 나에게 나타나겠
군. 카이쇼 무사시와 알렉산드로 체르닉하가 말했던 그들이
라는 존재가 말이야."

카이쇼 마스터와 알렉산드로 체르닉하조차 현중의 무력을
보고 누구냐는 질문보다 그들이 보냈냐는 질문을 똑같이 했
다. 그렇다는 것은 최소한 인공 마나석으로 마스터에 오른 그
들이 두려워할 만큼 강한 무력을 가진 녀석들이 있다는 소리
다.

그들이 있는 곳은 사이언톨로지가 분명했다.

―마스터.

“응?”

─인공 마나석에 대해서 바로슈 백작과 정보를 공유하는 게 어떻습니까?

“마리아에게? 왜 그렇게 생각하지?”

─현재 가장 우방적인 존재는 베이스퍼와 바로슈 백작입니다. 하지만 베이스퍼는 개인 무력이 강할 뿐 현재 상태만 봐서는 마스터에게 별 도움이 되진 않습니다.

그건 맞는 말이었다. 베이스퍼는 정말 뼛속까지 무인의 성격을 가진 사람이라 현재 현중에게는 크게 도움이 되지 않는 것이 확실했다.

“그건 맞는 말이야. 하지만 마리아도 비슷하지. 국가에 얽매여 있으니.”

현중도 베이스퍼를 인정하고 나름대로 괜찮게 생각하지만, 어디까지나 개인적인 판단일 뿐이다.

테른의 객관적인 분석과 판단이 아니더라도 그 정도는 알고 있었다. 하지만 마리아 또한 국가에 얽매인 몸이기에 완전히 신뢰할 수 없는 건 마찬가지였다.

─물론 그렇습니다. 하지만 현재 저희들에게 필요한 것은 정보입니다. 솔직히 말씀드려… 저 혼자 처리할 수 있는 정보의 양에는 한계가 있을 수밖에 없습니다.

“……”

　자존심이 누구보다 강한 마족인 테른이 스스로 한계가 있다고 말할 정도면 이미 스스로가 더 이상 혼자서는 일 처리하는 것이 불가능하다고 느꼈다는 말이다.

　―대륙이라면 얼마든지 저 혼자서도 가능합니다. 하지만 이곳 지구는 과학이 너무 발달해서 제가 알고 있는 상식을 벗어나는 일이 흔하게 일어나는 곳입니다.

　슬쩍 대륙 이야기를 꺼내 최소한 자신의 자존심만큼은 지키려고 하는 모습을 본 현중은 슬쩍 웃었다.

　솔직히 테른이 아니었다면 현중은 아마 그냥 무력이 엄청나게 강한 한 사람에 불과했을지도 모른다. 특별하게 돈 버는 재주가 있는 것도 아니고, 지구로 돌아왔을 때 어떻게 하겠다는 계획이 있는 것도 아니었다.

　그저 지구로 돌아가고 싶다는 막연한 기분과 생각에 돌아온 것이다. 물론 억지로 이계로 끌려갔다는 것에 대한 반발심도 있지만, 사람은 결국에는 고향을 찾게 된다는 것을 깨닫는 기회가 되기도 했다.

　아무리 거지같고 지옥 같은 곳이라도 그곳을 떠나게 되면 고향이 그립게 되는 법이다.

　―이번 오리하르콘을 찾는 일은 제 예상이 맞는다면 지구에서 강대국으로 불리는 나라는 모두 움직이게 될 것입니다.

　"그렇겠지?"

이미 러시아는 대놓고 움직이기 시작했고 미국은 눈치를 보고 있지만 보이지 않는 곳에서 활발하게 활동 중일 것이다. 중국과 일본은 현재는 숨죽이고 있지만 아마 당장 내일이라도 마리아가 움직이면 따라붙을 것이 뻔했다.

그리고 현중도 테른이 예상하는 것이 무엇인지 대충 짐작했다. 강대국은 자신의 무력과 힘을 유지하기 위해서 오리하르콘을 찾겠지만 그 외 자원이 부족한 나라는 아마 사활을 걸고 덤벼들 것이기 때문이다.

실제로 지구에서 석유나 천연가스가 나오는 곳은 몇 군데 되지 않는다. 하지만 자동차는 지구 어디에서나 볼 수 있다. 그 많은 석유를 어디서 구하는 걸까? 대답은 간단하다. 수입하는 것이다.

실제로 한국만 봐도 수입으로 나가는 돈이 엄청나다. 일본도 마찬가지다.

중국에서도 나름 석유가 나온다고 떠들고 있지만 그 질이 나쁘고 중국 내에서도 하위층의 사람들이나 사용하지 나름대로 돈 좀 번다는 사람들은 절대로 쓰지 않을 정도로 자국 내에서도 천대 받고 있다.

하지만 이 모든 것을 떠나 100년 앞만 내다봐도 오리하르콘의 가치는 엄청나다.

세계 3차대전? 얼마든지 벌어지고도 남을 것이 분명하다.

유럽이 소유하게 되면 아시아와 북미와 남미 쪽이 들고일어
날 것이고, 미국이 소유하게 되면 유럽이 들고일어날 것이 분
명했다.

한마디로 오리하르콘을 찾게 되면 90% 확률로 전쟁이 벌
어진다는 이야기다. 석유와 달리 오리하르콘은 희소가치가
높은 반면 그 활용도는 거의 무한대에 가깝기 때문이다.

"테른."

—네, 마스터.

"뭔가 이상하지 않아? 오리하르콘이 말이야."

—……?

테른은 갑자기 현중이 오리하르콘이 이상하다는 말을 하
자 고개를 갸웃거렸다. 테른도 처음에 오리하르콘이 정말 원
자력을 대신할 만큼 위력적이고 안전한지 조사를 했다. 그리
고 나온 결론은 진짜라는 것이다.

루머 같은 것이 아니라 정말 오리하르콘은 지구에서 그 정
도 값어치를 지니고 있었다. 테른의 아공간에 나름대로 오리
하르콘이 제법 있어 이미 실험해 봤으니 전혀 이상할 것이 없
는 것이다.

"오리하르콘이 나타난 것에 대해서 말이야."

—무슨 말씀이신지…….

"왜 나타났을까? 오리하르콘 말이야. 너무 절묘하다고 생

각 안 해? 앞으로 석유의 고갈이 눈에 보이고 인간들은 다른 대체 에너지를 찾기 위해서 눈에 불을 켜고 난리치는 지금 이 시대에 보란 듯이 오리하르콘이 나타난 거야. 마치 기다리고 있다가 등장한 것처럼 절묘한 타이밍에 말이야. 거기다 내가 가장 의심되는 건 바로 메로우야.”

─네?

현중은 뭔가 이상하게 짜인 각본에 따라 흘러가는 것 같이 너무도 아귀가 잘 맞아떨어진다는 생각이 들었다.

오리하르콘이 발견되고, 미국에서 그 가치를 알게 되고 나자 러시아에 인어가 나타났다. 그것도 시간 이동을 해서 말이다.

인어는 지금까지 그 누구도 몰랐던 아틀란티스 대륙의 위치를 정확하게 알고 있던 유일한 존재였다.

“너무 아귀가 딱딱 들어맞아, 오리하르콘과 연관된 모든 일이.”

현중이 여기까지 이야기하자 테른도 곰곰이 생각해 보더니 표정이 굳어졌다.

천천히 고개를 돌려 현중과 눈이 마주쳤다. 그들이 동시에 입을 열었다.

“차원자.”

─차원자.

마치 이심전심으로 통하는 듯 정확하게 말이 맞자 현중은 씨익 웃으면서,

"차원자라면 이 모든 일을 꾸밀 수 있지 않겠어?"

―충분합니다.

"차원을 넘나들고 시간까지 조절 가능한 차원자라면 시간을 거슬러 과거 아틀란티스 대륙에서 인어인 메로우를 데리고 현대로 시간 이동하는 것은 아무것도 아니겠지. 그리고 오리하르콘 조각도 얼마든지 가져올 수 있고, 그리고… 마나석도."

―마스터 말씀대로라면 사이언톨로지 자체가 차원자가 만든 단체일지도 모른다는 말씀이시군요.

"그냥 가능성을 열어두자는 거지. 지금 상황에 우리가 가지고 있는 정보는 거의 없다시피 하니까 말이야."

현중의 말에 테른은 고개를 숙였다.

―알겠습니다. 마스터 말씀대로 모든 가능성을 열어두고 정보를 모으겠습니다.

물론 테른이 똑똑하고 일 처리를 깨끗하게 하긴 했지만 아무래도 대륙에서 살아오던 마족이다 보니 아직은 자신이 알고 있는 상식을 기준으로 생각하는 경우가 많았다.

이번 마나석의 경우도 테른은 자신있게 S급 마나석이 더 이상 없을 것이라고 했지만 불과 얼마 지나지 않아 무려 다섯

개가 나타났다.

이미 마스터를 만들어낼 수 있는 S급 마나석의 대량 생산이 이루어졌다고 판단해야 될 것이다. 아직 어떻게 만들어냈는지는 모르지만 말이다.

―마스터, 다시 한국으로 돌아가시겠습니까?

"응, 돌아가야지. 일부러 나에게 연락까지 했는데 얼굴은 비춰야 하지 않겠어?"

사실 현중은 원래 팅클의 정규 앨범 출시 기념 축하 자리에 가기로 되어 있었다.

다만 가는 도중에 마리아가 위험하다는 테른의 말에 서둘러 마리아의 기운을 찾아 이동해 왔다.

생각보다 마리아가 무리를 해서라도 버텨주었기에 현중이 때 맞춰서 오긴 했지만 정말 위험한 순간이었다.

"그보다… 그 스승에 그 제자구만. 크크큭."

현중이 존재감을 지운 채 병원 옥상에 도착했을 때 현중이 본 것은 마리아가 휘두르는 발검술이었다.

그 발검술을 보고 현중은 놀랐다.

마리아의 발검술이 누군가의 것과 꼭 닮았는데, 베이스퍼의 독문 기술이자 마이스터로 올라서자 겨우 완성했다는 일섬강과 완전히 똑같았기 때문이다.

그런데 발검 기술이 본래는 일격필살의 기술이라 빈틈이

많았다.

발검 자체 특성상 오른손잡이인 마리아의 경우, 정면과 오른쪽까지는 커버가 되지만 뒤와 왼쪽으로는 완전 무방비로 노출된다.

그걸 본 현중은 곧바로 마리아의 뒤를 막아주기 위해 움직이려는 순간, 보았다.

'회전?

마리아는 우선 정면과 오른쪽의 정면을 재빨리 처리했다.

그리고 그대로 몸을 회전시켜 뒤로 돌더니, 물 흐르듯 진압봉을 다시 옆구리에 밀착시켰다. 회전이 끝난 순간 그녀는 처음과는 반대 방향으로 완벽한 발검 자세를 만들고 있었다.

'……!!'

현중은 일반적인 발검술에 대한 상식의 틀을 깨뜨린 마리아의 놀라운 능력에 감탄했다. 그것이 마리아의 임기응변인지, 아니면 원래 그런 기술인지는 모르겠지만 어쨌든 놀라운 기술이었다.

그리고 그 결과 일제히 마리아에게 달려들던 네 명의 스페츠나츠는 실이 끊어진 연처럼 사방으로 날아가 구석에 처박혀 버렸던 것이다.

스승인 베이스퍼는 일격에 상대를 베어버린다는 일념에

발검의 속도에만 집중했다. 하지만 마리아는 비록 검강이 없는 흉내 내기에 불과한 일섬강이지만 이미 약점을 눈치채고 있었던 것이다.

하지만 설마 검을 뽑는 힘을 이용하여 뒤쪽으로 몸을 돌려 두 번 연속 일섬강을 사용할 줄은 현중도 전혀 예상하지 못했기에, 다시 생각해도 기가 막혔다.

"흠."

순간 현중은 마리아가 했던 일섬강을 머릿속으로 그려보면서 조심스럽게 자세를 잡았다. 물론 마리아가 했던 속도보다 더욱 빠르게, 하지만 검도 없이 그냥 손으로 시늉만 냈을 뿐이다.

파파파팡!!

파아악!!!

현중의 신형이 팽이처럼 회전하는 것과 동시에 현중의 움직임에 공기가 마치 하나의 벽처럼 막아서다 부서져 버렸다.

그리고 부서진 공기가 사방으로 흩어지며 뒤이어 현중의 몸을 중심으로 작은 회오리가 생기더니 주변을 가볍게 휩쓸고 지나갔다.

대기 중으로 흩어지는 회오리를 바라보며 현중이 중얼거렸다.

"네 번이라······."

마리아는 두 번 하고 완전히 지쳐 버린 기술이지만 현중은 네 번이나 일섬강을 사방위로 뿌리고도 땀 한 방울 흘리지 않았다.

그는 별일 없었다는 듯 천천히 일어서더니 씨익 입꼬리를 올려 웃었다.

"제법 괜찮은 기술 하나 배웠군."

이 기술은 솔직히 베이스퍼도 발검술에서 따왔고, 그것을 마리아가 자신에 맞게 바꿨을 뿐이기에 누구의 기술이라고 단정 짓기는 좀 힘든 것이었다.

현중은 기술이 화려하고 그와 동시에 파괴력도 강하여, 나름 만족스러워 이름을 짓기로 했다.

"테른, 뭐 좋은 이름 없을까?"

─······.

느닷없는 질문이었지만 테른은 진지하게 고민했다.

─마스터, 절대무적 어떻습니까?

"음, 너무 촌스러워."

─그럼 사방무적은 어떨까요?

"음, 임팩트가 없어, 임팩트가."

현중이 연달아 두 번 다 퇴짜를 놓자 테른은 자신의 능력이 모자라서 그런 거라고 생각하면서 더욱 이름을 짓는 데 집중했다.

그는 인상까지 찡그리고 있었다.

현중도 무작정 테른이 지은 이름을 퇴짜 놓은 것은 아니었다..

뭔가 팍 임팩트가 오는 그런 기술 이름을 짓고 싶다는 생각에 고민했지만 뭔가 마땅하게 떠오르는 게 없는 것이다.

치우천황무에 있는 것처럼 뭔가 한자로 멋들어지게 지어 보고 싶긴 하지만 왠지 그건 따라 한 것 같기도 해서 꺼려졌다.

그렇게 한참을 고민했을까?

—마스터, 사신발강 어떻습니까?

"응? 사신발강?"

—네, 마스터. 사방위를 공격하면서도 발검술과 같은 빠르기를 가진 강한 공격이라는 뜻입니다. 동양에서는 사방위를 지키는 신이 있다고 들었습니다. 그래서 사신발강이라고 지었습니다.

"음… 사신발강이라……."

현중은 테른의 뜻풀이를 듣더니 왠지 마음에 들었다.

동서남북을 지키는 사방신을 뜻한다는 것에서 이상하게 필이 꽂혀 버린 것이다.

뭐 솔직히 마땅한 이름이 생각나지 않은 것도 있었다. 뭔가 있어 보이면서도 임팩트가 있어 보이기까지 하니 금상첨화다.

현중은 한번 꽂히면 거기에 빠져드는 성격이 조금은 있는 듯했다.

그리고 이 이름이 나중에 어떤 식으로 불리게 될지는 아직 현중도 테른도 몰랐다.

후에 현중의 이 기술은 마이스터에 오른 자들이 가장 습득하고 싶어하는 기술이면서도, 절대로 이름을 외치지 않는 기술이 되어버렸다.

그 이유는 나중에 베이스퍼가 실수로 이렇게 외쳤기 때문이다.

"사신발광!!"

…이라고 말이다.

그후, 특이하게도 사람들끼리 속되게 말하는 다른 이름이 생겼다.

그리고 오히려 그 이름 때문에 더더욱 그 누구도 기술 이름을 외치거나 큰 소리로 말하지 않게 되었다.

그 이름은,

'지랄발광' 이었다.

그런데 이런 이름이 생기게 된 것도 모두 현중의 너무나도 뛰어난 능력 때문이었다.

일섬강이라는 기술 자체가 속도를 극으로 끌어올린 발검술이다.

그런데 그걸 두 번도 아니라 사방으로 네 번을 휘둘러야 하는 게 쉬울 리 있겠는가?

당연히 베이스퍼도 현중에게 요령을 듣고 익히기까지 엄청난 고생을 했다.

하지만 베이스퍼의 그 수련 과정을 본 사람은 자신도 모르게 이렇게 말했다고 했다.

"지랄발광을 하는구나."

오죽하면 현중도 베이스퍼의 모습을 보고 그런 소리를 했겠는가?

수련하는 본인은 모르겠지만 방향을 못 잡아 자빠지고, 칼을 놓치고, 자기 발에 꼬여서 넘어지고, 기타 등등.

검을 처음 잡아본 사람이 저지를 모든 실수를 마이스터에 오른 베이스퍼가 그대로 재현했으니 그런 말이 안 나올 수가 없었다.

사신발강.

그 화려함과 위력을 생각하면 누구나 익히고 싶은 기술이지만 결코 이름을 말하지 못하는 비운의 기술이 되어버린 것이다.

물론 이 모든 것은 나중의 일이지만 말이다.

“돌아가자.”

―네, 마스터.

먼 미래의 일과는 상관없이, 둘은 옥상 위에서 홀연히 사라졌다.

Chapter 06
교통사고

"제가 좀 늦었군요."

"오랜만이에요!"

팅클 멤버 중 가장 막내인 소희가 현중을 보고 웃으면서 다가왔다. 현중의 손을 한번 꼬옥 잡았다가 놓고는 후다닥 나머지 멤버인 세희와 미희가 있는 곳으로 가더니 호들갑을 떨기 시작했다.

"언니~ 언니~ 나, 현중 오빠 손 잡았어."

"응… 응, 그래."

유난히 호들갑떠는 소희의 돌발 행동에 세희와 미희는 당혹스러워하는 반면 김대칠 사장은 함박웃음을 띠면서 현중에게 다가왔다. 어려워하던 평소 모습과는 달리 너무나 살갑게 현중을 대했다.

"……?"

현중은 이들이 갑자기 왜 이렇게 행동하는지 몰라서 어리둥절해하고 있는데 김대칠이 말했다.

"현중 씨, 아니, 대동그룹의 회장님으로 불러야 하나요?"

농담 반, 진담 반 섞어서 슬며시 말하는 김대칠의 모습에 현중은 그만 피식 웃어버렸다. 이미 현중의 얼굴은 세상에 알려졌고 한국에서 그만큼 유명인물이 없다는 것을 자신이 깜빡하고 있었던 것이다.

"그냥 편하실 대로 부르세요. 전 저일 뿐이니까요."

"아니, 그래도 회장님인데……."

아무래도 회장님이라는 칭호로 현중을 부르는 게 껄끄러워 보였다. 말꼬리를 늘리는 김대칠의 모습에 현중이 먼저 말했다.

"이 나이에 벌써 회장님이라는 호칭을 듣고 싶진 않은 게 제 개인적인 바람입니다."

"아하하하! 그래요. 그렇겠죠. 그럼 계속 현중 씨라고 부르겠습니다."

"편하실 대로."

현중은 어차피 목적을 위해 대동그룹을 이용할 뿐이라 크게 애착도 없고 회장이라는 권력에 관심도 없었기에 가능한 행동이었다. 하지만 다른 사람들이 보기에는 현중이 너무나 대범하고 소탈해 보였다.

'장난 아니다. 남자가 어쩜 저렇게 대범하대.'

'와, 대동그룹의 부채를 개인 재산으로 모조리 갚았다는 뉴스 기사를 봤는데 도대체 돈이 얼마나 많은 거야?'

처음 현중을 바라보던 엔젤엔터테인먼트의 시선은 돈 많은 재벌 2세 사업가 정도였다. 그렇기에 신원은 분명하지만 정체도 확실히 모르고 왠지 다가가기 어려운 사람이었다.

정체불명의 사람은 본능적으로 약간의 거부감과 함께 거리를 두게 되는 것이 일반적인 반응이다. 물론 현중도 그걸 알고 있기에 내버려 두었다. 변덕으로 인해 시작된 일이고 연예계는 현중의 관심 밖이기에 크게 관여하고 싶은 생각도 없었기 때문이다.

하지만 현중이 대동그룹을 완전히 자기 것으로 만들면서 대한민국을 한번 들었다 놨다 했던 유명인물이 되자 사정은 180도 달라져 버린 것이다.

정체불명의 돈 많은 젊은 남자에서 국내의 알아주는 그룹의 회장님으로 말이다.

거기다 언론 매체들이 현중에 관한 개인 신상을 어느 정도 세상에 알렸기에 본의 아니게 웬만한 유명 톱스타보다 더 많은 사람이 알고 있을 정도였다.

그동안 현중의 정체를 몰라서 가지고 있던 약간의 불안감을 완전히 날려 버린 김대칠은 오히려 현중과의 인연을 더욱 견고하게 하고 싶었다.

"우선 이쪽으로 오시죠."

현중을 가장 상석으로 안내한 김대칠은 곧바로 자신이 가장 아끼는 35년산 와인을 꺼냈다. 미련없이 와인은 개봉한 그는 모두의 잔에 조금씩 따라놓고 시원하게 건배를 외쳤다.

"팅클의 이번 앨범의 대박을 위하여!!"

"위하여!!"

실제 팅클의 이번 앨범은 내일 매장에 풀릴 예정이었다. 하지만 이미 광고 등을 이용해서 사방에 선전을 해놓은 상태인데, 김대칠의 예상을 벗어난 폭발적인 반응을 보이고 있었다. 그래서 이례적으로 앨범을 출시하기도 전에 축하 파티를 작게나마 열게 된 것이다.

"이번 앨범 중에서도 특히 현중 씨가 주신 곡, 모두 반응이 장난이 아닙니다."

"그래요? 잘된다니 저도 좋군요."

현중의 입장에선 그냥 달라고 했기에 줬을 뿐이었다. 솔직히 히트를 해도 그만, 안 해도 그만이다. 그런데 시리의 편곡

솜씨가 현중이 알고 있는 것 이상으로 천재적이었던 것 같다.

앨범 발매 보도가 나간 이후 팅클이 게스트로 나간 라디오에서 한번 신곡의 일부분을 부른 적이 있었다. 몇십 초도 안 되는 시간 동안 부른 노래로 인해 문의가 폭주해 그날 방송사고가 날 뻔하기도 할 정도였다.

그런데 그건 시작에 불과했다. 반응이 좋을 때 확실히 뽑아야 한다는 생각으로 김대칠은 그후 3일 동안 닥치는 대로 팅클을 라디오, TV 등에 출연시켰다. 단 3일의 살인적인 스케줄을 소화하고 나자 앨범 선주문만 40만 장을 넘기는 기록을 세웠다.

음반 시장의 크기를 생각하면 선주문 40만 장은 이미 대히트를 예고한 것이나 다름없다.

거기다 지금도 계속 주문이 밀려오고 있었고, 앨범을 찍어내는 속도는 여전히 줄지 않았다.

싱글벙글.

김대칠은 입이 귀에 걸릴 정도로 좋아했다. 자신의 투자금은 하나도 들이지 않고 큰돈을 벌게 되었으니 기분이 좋지 않을 리가 없다. 이 모든 게 현중 때문이란 것을 알고 있기에 그렇게 아끼던 35년산 와인도 서슴없이 개봉할 수 있었다.

그런데 김대칠이 이렇게 번 돈을 자신만 쓰느냐? 그건 또 아니었다. 체계적인 연습생 훈련과 연기자 양성까지 병행할

열정으로 사무실 이전을 위해 건물을 알아보고 다니는 중이었다. 지금처럼 임대가 아니라 아예 건물 자체를 사버릴 생각이었다.

바야흐로 한국에서 엔젤엔터테인먼트라는 이름이 일반인의 머릿속에도 각인이 되는 시기가 시작되었음이다.

현중은 그렇게 돈을 벌어서 좋아하는 김대칠의 눈동자를 보고는 자신이 사람을 잘못 보진 않았다는 생각에 나름대로 만족했다. 자신의 개인적인 욕심보다는 회사와 키우는 연예인을 먼저 생각하는 그의 방식이 계속 유지되는 한 현중은 그냥 그를 놔둘 생각이었다.

그렇게 모두가 화기애애한 분위기로 파티를 즐기고 있는 중에, 현중은 문득 생각나는 사람이 있었다. 얼마 전 뮤직비디오 촬영 현장에서 인연이 된 효성이었다.

"사장님."

"네, 현중 씨."

김대칠은 현중이 팥으로 메주를 쑨다고 해도 믿을 만큼 현중에 대한 호감도가 최고조에 달해 있었다.

"혹시 연기자는 키우실 생각 없으십니까?"

현중은 그냥 지나가는 말투로 물었지만 김대칠은 1초의 생각도 하지 않고 답했다.

"당연히 키울 겁니다. 그러기 위해서 더욱 회사를 크게 키워 나갈 겁니다."

"그럼 혹시 괜찮은 무명 여자 배우 한 명 부탁드려도 될까요?"

"네에? 여자 배우요?"

갑작스럽게 김대칠이 큰 소리로 소리치면서 벌떡 일어났다. 자연히 소란스럽던 파티는 조용해졌고, 모든 이의 시선이 김대칠을 향했다. 하지만 곧 김대칠이 바라보는 현중을 향해 옮겨졌다.

"왜 그렇게 놀라시죠?"

오히려 현중은 김대칠이 이렇게 화들짝 놀라는 것이 약간 당황스러웠다.

"헛! 죄, 죄송합니다. 현중 씨에게서 여자 이야기가 나오길래…… 제가 주책없이. 그보다 무명 여자 배우라고 하신다면… 이름을 알려주시겠습니까? 이 바닥이 원래 좁은 곳이라 무명이라도 한 번쯤은 제가 이름을 들어본 적이 있을 것 같아서요."

현중은 김대칠의 말이 일리가 있다는 생각이 들었다.

"이효성이라고 합니다."

"이효성… 이효성… 이효성……. 음, 들어본 것 같은데 같은 이름을 가진 사람을 제가 두 명이나 알고 있어서 누군지 모르겠군요."

의외였다. 두 명이나 있다니, 그것도 무명이지만 배우로 말이다.

"얼마 전 소속사에서 계약 해지를 통보받았다고 하더군요."

"계약 해지라면… 아, 그 효성 양을 말하는군요. 귀염상에 성격이 똑 부러지고 접대를……. 아차, 죄송합니다. 그, 그걸 나가지 않는 그 효성 양을 말하시는군요."

"접대라니? 무명 여배우도 접대를 합니까?"

여가수들이야 원래 돈이 많이 들어가는 특성상 스폰서의 껍질을 쓰고 신인 여가수의 몸만 노리는 녀석들이 많았다. 그건 이미 현중도 알고 있었다. 그런데 배우도 그런 줄은 몰랐던 것이다.

"…뭐, 기분 좋은 자리에서 할 말은 아니지만… 아시다시피 저희는 접대나 그런 것은 하지 않지만 다른 곳은……. 그분들 중 한 분이 지목하면 그분의 접대를 하는 대가로 드라마나 영화에 출연을 할 기회를 많이 주는 편입니다. 뭐 관행 같은 건데… 같은 연예계 사람으로서 부끄럽군요."

"아닙니다. 사장님만 아니면 남들이야 어떻든 부끄러워할 일이 아니지요. 그리고 이야기를 들어보니 강제성이 있는 것은 아닌 것 같은데, 그런가요?"

강제성은 없지만 협박성은 어느 정도 있어 보였다. 하지만 그것까지 현중이 감 놔라 배 놔라 할 이유는 없었다. 모든 일을 하는 것에 있어 책임이 따르게 마련이다. 아무리 협박이 좀 있다고 해도 스스로 선택했다면 그 결과도 본인이 감당해야 되는 것이다.

"뭐… 강제성은 없지만 접대를 하지 않으면 불이익을 당하는 편입니다. 소속사에서 거의 신경을 안 쓰게 됩니다. 매니저는 꿈도 꾸지 못하고, 하다못해 일 때문에 움직인다고 해도 차비조차 주지 않게 됩니다. 그러다 보면 스스로 지쳐서 접대를 받아들이거나 연예계에 실망해서 떠나거나 둘 중 하나가 되지요 "

김대칠의 말에 다들 고개를 숙여 아무 말 없는 것을 보니 어느 정도 다 알고 있는 듯했다.

"그럼 제가 말한 이효성 양은 접대를 거부한 거군요."

"네. 샛별기획사라고, 이 바닥에서 소문이 좀 안 좋은 녀석이 차린 곳인데 그곳에서 얼마 전에 효성이라는 무명 여배우 하나 쳐냈다는 말을 얼핏 들었습니다."

"맞군요. 샛별기획사라면."

효성에게서 들은 기획사명을 현중은 기억해 냈다. 같은 기획사명이 두 개나 있을 리는 없으니까 확실할 것이다.

"저희야 얼마든지 환영입니다. 아직 가수 쪽만 본업을 하다 보니 연기 쪽은 약하긴 하지만 이번 앨범이 대박치면서 저의 실력을 본격적으로 발휘할 생각이거든요. 거기다 현중 씨가 특별히 부탁하는 사람인데 당연히 제가 책임지고 훌륭한 연기자로 만들어보겠습니다.”

현중은 설레발치는 김대칠의 모습에 그냥 웃으면서,

“저 때문에 기획사에서 쫓겨나다시피 했으니, 그냥 그 대가로 도움을 줄 뿐입니다.”

“아, 그래요? 운이 좋은 아가씨군요. 현중 씨를 만나다니. 하하하하하!”

누가 보면 현중교의 신도라고 할 만큼 현중을 띄워주는 김대칠의 모습에 다들 웃었다. 눈살을 찌푸릴 만큼 노골적인 아부도 아닌지라 현중도 그냥 받아주었다.

그보다 현중은 샛별기획사라는 곳이 궁금해졌다.

잠시 김대칠 때문에 조용해진 파티였지만 어차피 기획사 식구들끼리 조촐하게 하는 파티인지라 곧 다시 소란해졌다. 현중은 샛별기획사에 대해서 물어보기에는 주위의 보는 눈이 많다고 여겨 김대칠의 눈동자를 통해 천심통을 발휘했다.

그런데 김대칠의 머릿속에서 읽어낸 샛별기획사의 사장 얼굴이 이상하게 낯익은 것이다.

‘어디선가 봤는데……’

분명히 낯설지 않은 얼굴이라 현중은 곰곰이 생각했지만 역시나 쉽게 기억이 나진 않았다.

결국 그 얼굴이 누구인지 파티가 끝날 때까지 떠오르지 않았다.

팅클 앨범 출시를 기념하는 조촐한 판타지 끝난 후, 기획사 직원 모두의 배웅을 받으면서 현중은 맥라렌에 올랐다. 그는 우선 대동그룹 본사로 향했다.

생각보다 엔젤엔터테인먼트에 오래 있었는데도 마리아에게서 연락이 없었다. 도중에라도 연락이 오면 나올 생각이었는데 말이다. 테른에게서도 별다른 연락이 없는 것을 보니 습격 같은 일은 없는 것으로 판단해도 될 듯했다.

그렇게 신호 대기를 위해 잠시 차를 멈춘 상태로 정면을 바라보던 현중의 눈에 양쪽에서 트럭 한 대와 승용차 한 대가 서로 마주 보면서 맹렬하게 돌진하는 모습이 보였다.

'사고?'

현중이 차를 그리 자주 몰고 다니지 않는 편이라 자동차 추돌 사고를 목격하는 일은 이번이 처음이었다. 본래 사거리 교차로에서는 사고가 빈번하게 일어나는 편이다.

현중의 동체시력 탓으로 느려 보이지만, 실제로 두 차의 속도는 거의 90㎞가 넘었다. 마주 보고 달려오던 두 차는 결국 서로 피하지 못하고 교차로 중심에서 충돌했다.

콰앙! 엄청난 소음이 일어나더니, 트럭 밑으로 어떤 힘이 잡아당기듯 승용차가 깔려 들어가 버렸다.

"죽었겠군."

트럭은 컨테이너를 옮기는 데 사용하는 대형 트럭이었고 승용차는 국내에서 자주 볼 수 있는 천산모터스에서 나온 4인용 승용차였다. 트럭과 승용차가 부딪치는 순간 승용차의 앞부분이 트럭 밑으로 빨려들어 가는 모습을 현중은 본 것이다.

교차로 중앙에서 일어난 사고는 순식간에 교차로를 마비시켰다. 현중은 마침 신호 대기 첫 번째 자리에 있었기에 그 모습을 생생하게 모두 지켜봤다. 이번 사고는 승용차의 신호 위반이 원인임이 확실하다. 슬쩍 교차로 신호등에 달린 무인 카메라를 확인한 현중은 신경을 끄기로 했다. 이미 사고는 났고 승용차는 트럭 밑으로 빨려가듯 들어가 거의 샌드위치처럼 망가져 버렸기 때문이다.

현중은 사람들이 몰려와 어떻게든지 승용차에서 사람을 꺼내려고 하는 모습을 가만히 지켜보기만 했다. 마치 남의 일처럼 말이다.

그러다가 문득 지금 자신이 이상하다는 생각이 들었다. 교통사고가 났다. 그리고 사람이 거의 죽은 것은 확실하지만 어쩌면 구할 수 있을지도 모른다. 하지만 이상하게 현중은 마치 동물원에서 동물들을 구경하듯 맥라렌 안에서 조용히 앉아만 있는 자신에게 어색함을 느낀 것이다.

―마스터, 어떻게 하시겠습니까?

기다렸다는 듯 테른이 현중의 뒤에 나타나 한마디 거들자 현중은 그제야 뭐가 잘못됐는지 조금 깨달았다.

자신은 타인의 삶에 철저하게 무관심하게 되어버린 것이다. 조금의 연관도 없으면 그냥 소 닭 보듯 하게 되어버렸다. 일반 사람들처럼 복잡하게 경찰 조사로 끌려 다니는 것이 싫어서 외면하는 게 아니라 마치 드래곤이 인간의 전쟁을 보듯 무관심한 것이다.

"테른, 내가 이상한가?"

―이상하진 않습니다. 하지만 마스터의 본질은 인간에 있다는 것을 완전히 잊으시면 안 된다고 전 생각합니다.

"그렇겠지. 그래, 난 인간이지."

현중은 쓴웃음을 지으며 맥라렌에서 내려 사고 현장으로 다가갔다.

트럭 밑에 깔린 승용차에서 상당량의 피가 흘러내리는 모습이 보였다.

사람들은 엄청난 무게의 트럭 밑에 깔린 승용차를 어떻게 할 수 없어서 주변에서 발만 동동 굴렀다. 119에 전화하여 소리치는 사람도 있어 주변이 어수선했다.

"……?"

그때 현중은 들었다.

살아날 사람이 없어 보이는 상용차에서 생명의 고동 소리가 똑똑히 들렸다.

현중은 지체할 것 없이 곧바로 승용차 쪽으로 다가가 앞좌석이 아닌 뒷좌석의 찌그러진 문을 움켜잡았다.

콰지직!!

그대로 뜯어냈다.

"……!!"

"……!!"

현중의 놀라운 힘을 목격한 사람들은 놀라 휴대전화도 떨어뜨릴 정도였다. 현중은 거기에 아랑곳하지 않고 뜯어낸 문 안을 살폈다.

20대 초반으로 보이는 젊은 여자가 무언가를 꼬옥 끌어안은 채 머리에서 피를 흘리고 있었다. 아직 숨은 쉬고 있었다.

"살아 있군."

마나의 길을 보는 눈을 가진 현중의 눈에는 앞좌석과 뒷좌석의 사람들의 상태가 확연히 보였다. 앞좌석의 사람은 이미 죽어서 마나의 흐름이 완전히 사라졌지만 뒷좌석의 이 여자는 아직 살아 있었다.

살아 있다는 것을 확인한 현중이 그대로 손을 뻗어 여자의 목덜미를 잡아당기자,

쑤욱~

그녀가 승용차에서 빠져나왔다. 어쩌다 보니 현중이 여자를 끌어안게 되었다.

"응애! 응애!"

"……?"

현중이 여자를 안자 그제야 여자의 팔이 살짝 풀리면서 그녀의 품에 있던 것이 무엇인지 보였다.

"아기."

아직 태어난 지 몇 개월 안 되어 보이는 작은 아기가 여자의 품에 있었다. 잠들었다가 깨어난 것이 못마땅한지 칭얼거리듯 작게 울음을 터뜨렸다.

"살아 있어!! 아기가 살아 있어!!"

현중의 품에서 아기의 울음소리를 들은 주변의 한 남자가 소리쳤다. 그것을 사방에 퍼뜨리듯 사람들이 일제히 외쳐 댔다.

"아기가 살아 있어!!"

"살아난 사람이 있어!!"

마치 자신이 아기를 구한 듯 감격에 울먹이는 사람들의 모습을 보고 현중은 불현듯 깨달았다.

'난… 중요한 것을 잃어버릴 뻔했어.'

여자의 품에 안겨 작게 울고 있는 아기의 모습은 현중에게 매우 어색하게 다가왔다. 그러나 결코 불편한 것은 아니었다.

그 모습은 현중이 인간으로서 당연히 가지고 있어야 할 감정을 깨닫게 해주는 것이었다.

삐요~ 삐요~ 삐요~

이윽고 구급차가 도착했다.

사람들을 물러나게 만든 구급대원들이 현중이 안고 있는 여자를 보고는 다급히 다가왔다.

"사고 당하신 분입니까?"

긴장한 구급대원의 얼굴을 마주 현중이 조용히 고개를 끄덕이면서,

"네. 뒷좌석에 타고 있던 사람입니다."

"그럼 어서 가시죠. 병원으로 모시겠습니다. 이봐, 여기 생존자가 있다! 서둘러! 어서!!"

구급대원이 소리치자 여자와 현중을 모두 데리고 구급차에 태웠다.

얼떨결에 구급차에 올라탄 현중은 여자를 이동식 간이침대에 내려놓고 나자 왜 구급대원들이 자신을 같이 태웠는지 이해가 되었다. 여자의 머리에서 흘러내린 피가 현중의 몸에 사방으로 튀어 마치 사고 난 차량에서 기어 나온 것 같은 모습이었기 때문이다.

여자를 침대에 눕혔지만 이상하게 아기가 현중의 손가락을 꼬옥 잡고는 놓지 않았다. 현중도 이상하게 아기의 작은

손을 뿌리치기가 싫었다. 우선 머리에서 피를 흘리는 여자에게 응급조치가 이뤄지고, 다행히 아기는 다시 잠들어 있어 그런지 놀란 것도 없이 아주 말짱했다.

"잠시 상처를 좀 보여주세요."

구급대원은 여자의 응급조치가 끝나고 나서야 현중을 향해 다가왔다. 현중은 웃으면서 손을 내밀어 응급대원을 막았다.

"전 저분을 안고 있다가 묻은 피니 걱정하지 않으셔도 됩니다."

"그건 제가 판단합니다."

현중의 말에도 단호하게 현중의 옷을 거칠게 잡아서 벗기더니 꼼꼼하게 상처가 없는지 확인했다.

"정말이군요."

"네."

"보호자 되십니까?"

트럭 밑에 깔린 승용차에서 사람을 구해낼 정도면 웬만한 인연이 아니면 못하기에 물어본 것도 있지만 통상적으로 이런 질문을 하는 게 순서였다.

"아닙니다."

현중은 단호하게 아니라고 말했지만 구급대원음 믿지 않았다. 슬쩍 아기가 현중의 손가락을 꽉 잡고 편안하게 잠든

모습을 보고는,

"정말 보호자 아니십니까?"

"네. 교차로에 정차했다가 우연히 사고를 발견했을 뿐입니다."

"알겠습니다. 우선 같이 가서서 몇 가지 서류를 작성해야 할 겁니다. 사고에 관련되어 있으니 경찰 쪽에서도 아마 조사 차원에서 나올 겁니다."

"…역시."

현중은 그냥 웃으면서 고개를 끄덕였다. 어느 정도 그런 것은 이미 알고 있었으니 말이다. 사람들이 사고가 나면 쉽게 나서지 못하는 이유가 바로 이런 부분이 어느 정도 작용했을지도 몰랐다. 사람을 구해주었을 뿐인데 경찰 조사부터 여러 가지 이유로 바쁘게 움직여야 하니 말이다.

현대 사람들은 바쁘게 살아가고 있다. 1분 1초가 돈이 되는 곳이 바로 현대 사회이기 때문이다. 그런 생활 속에서 자신의 일이 아닌, 그저 선의로 했던 일 때문에 경찰서를 들락거리고 최소 며칠에서 몇 주까지도 고생을 해야 한다고 생각해 보라. 선뜻 자신 있게 나설 수 있겠는가?

자신의 생업에 지장을 줄 정도로 복잡해지는 경우도 허다한 게 교통사고 목격자다. 목격자의 말 한마디에 가해자와 피해자가 바뀌는 경우도 빈번하게 일어난다.

물론 이번 같은 경우 무인카메라가 설치되어 있는 교차로 이기에 그럴 염려는 없지만 아마 경찰 쪽에서 참고인 조사를 이유로 현중을 귀찮게 할 것이 분명했다.

"변호사를 불러야 하나."

현중은 처음으로 변호사를 불러서 이용해 볼까 하는 생각을 해봤다.

한편 테른은 현중이 구급차에 올라타는 모습을 보고는 앞으로 어떤 일이 벌어질지 뻔히 내다봤다.

─시리.

─네, 마스터.

─변호사를 준비해라. 현중 마스터께서 교통사고에 연관되셨다.

─네? 아, 알겠습니다.

시리는 테른의 교통사고라는 말에 잠시 놀랐다가 곧 진정했다. 핵폭탄이 떨어져도 멀쩡하게 걸어 나올 사람이 현중임을 알기에 순간적으로 놀란 마음을 가라앉힌 것이다.

이제부터는 시리가 바쁠 시간이다. 곧바로 변호사를 선임해서 현중이 있는 병원으로 보내야 하기 때문이다.

이렇게 뒤에서 테른과 시리가 바쁘게 움직일 동안 현중은 응급실에 도착해 여러 가지 의료 기구를 몸에 꽂고 누워 있는 여자 옆에 서 있었다.

"저기… 이분과 같이 오신 분 누구죠?"

간호사 한 명이 급하게 다가왔다.

"같이 오신 분이죠?"

"네."

"지금 당장 수술 동의서가 필요합니다."

"네? 그게 무슨……?"

"복막 파열로 인해 수술을 하지 않으면 생명이 위험합니다. 얼른 동의서에 사인해 주세요. 1분 1초가 긴박해요."

어떻게 하다 보니 수술 동의서 사인을 위해 펜을 잡긴 했는데 과연 이걸 해야 하나 하는 고민을 잠시 할 수밖에 없었다.

앞좌석에 있던 사람이 즉사를 당했기에 다른 보호자와 연락하려고 했지만 연락이 전혀 되지 않았다. 동의서 없이는 병원에서는 수술을 할 수 없었다. 설령 환자가 이대로 죽더라도 동의서는 꼭 받아야 수술 진행이 가능했다.

"전 보호자가 아닙니다."

현중은 그렇게 말했지만,

"보호자가 아니라도 부탁드리겠습니다. 무조건 동의서가 필요합니다. 이대로는 수술을 할 수가 없어 환자가 죽습니다."

다급하게 말하는 간호사의 말을 듣고 현중은 잠시 고민했다. 위급한 상황, 당장 수술을 하지 않으면 여자는 죽는 게 확실해 보였다. 그러다 문득 시선이 잠들어 있는 아기를 향했다. 세상 모르고 잠든 아기의 모습을 보고는 현중은 망설이지 않고 서류에 사인했다.

최소한 살릴 희망이 있다면 지금 자신이 바라보는 아기를 고아로 만드는 것만은 피해야 하지 않겠나, 하는 생각이 든 것이다. 부모가 없다는 것이 어떤 건지 자신이 잘 알고 있기에 수술 후의 수술비나 모든 것을 책임지기로 했다.

"수술실로 어서 옮겨!!"

현중의 사인이 끝나자 곧바로 여자는 수술실로 옮겨져 응급실에 아기와 현중 둘만 남아버렸다. 하지만 그것도 잠시, 현중은 수간호사라고 자신을 밝힌 간호사를 따라 개인 병실로 자리를 옮겼다.

아늑하고 조용한 것이 제법 비싼 병실 같았다.

현중이 병실을 옮겨서 자리에 앉아 있기를 얼마가 지났을까? 헐레벌떡 병실 문을 열고 사람들이 뛰어들어 왔다.

"태현아!!"

병실에 들어오자마자 본능적으로 아기가 있는 곳으로 달려간 사람들은 먼저 아기가 무사한지 살피기에 여념이 없었다.

'가족인가?'

현중은 한쪽 구석에 앉아서 그들의 모습을 가만히 바라보기만 했다. 아기의 기저귀까지 뜯어내서 살펴보는 모습을 보니 어지간히도 귀한 자손인 듯해 보였다.

그러다가 문득 현중과 아기의 할아버지로 보이는 사람의 눈이 마주쳤다. 현중과 노인의 입이 동시에 열렸다.

"김현중 회장?"

"천산태 회장님?"

아이러니하게도 현중이 구해준 승용차의 아기는 천산태 회장의 증손자였던 것이다. 마침 미국에서 돌아와 천산그룹으로 가는 도중에 사고가 난 것이다.

"하하하하하하!!"

천산태 회장은 큰 소리로 웃으면서 현중에게 다가오더니,

"고맙네! 오면서 이야기 들었네. 자네가 내 며느리와 태현이를 구해주었다고 말이야."

얼떨결에 천산그룹의 천산태 회장의 증손자이자 미래 후계자인 천태현과 그의 어머니인 손자며느리를 구해준 은인이 되어버린 현중이었다.

"우연히 그 자리에 있었을 뿐입니다."

현중은 정말 진심으로 별것 아니라는 듯 말했지만 천산태에게는 그게 아니었다. 하마터면 가문에 대가 끊어질 뻔한 엄청난 사고였던 것이다. 천산태 회장의 자녀는 아들 하나, 딸하나였는데 딸은 병으로 죽어버렸고 아들도 세상을 일찍 떠

버렸다. 그리고 그 아들이 낳은 자식이 바로 천유화와 이번 사고로 죽은 천구현, 이렇게 둘뿐이었다.

애초에 가업을 잇는 데 관심이 없던 천구현은 미국에서 평범한 여자를 만나 반대를 무릅쓰고 혼인신고만 하고 살다가 이번에 천태현을 낳았다. 처음에 그렇게 반대하면서 화를 냈던 천산태도 역시 증손자에게는 당할 수 없었는지 허락해 줄 테니 한국으로 넘어오라고 말했고, 그렇게 한국에 들어온 손자 부부가 천산그룹으로 향하다가 이런 비극적인 일이 벌어진 것이다.

“…….”

현중은 천산태의 눈동자를 통해 말할 수 없는 가족사를 슬쩍 훔쳐 보고는 쓴웃음을 지을 수밖에 없었다. 차라리 허락을 해줄 걸 하는 후회만 머릿속에 가득 차 있는 것을 보았기 때문이다.

“그럼 지금 수술실에 들어가신 분은……?”

“아, 누군가 모든 책임을 지고 우리 대신 동의서를 써주었다고 들었네. 혹시 자네인가?”

“네. 생명이 위험하다고 해서 우선 썼습니다.”

“고맙네. 우선 오자마자 내가 수술 문제는 처리했으니 자네에게 피해는 가지 않을 것이네. 그리고 손자는 잃었지만 그래도 태현이와 손자며느리는 살릴 수가 있는 것도 모두 자네

덕분이네."

감정이 마음속에 회오리치는 게 현중에게는 보였지만 천
산태는 의연하게 현중을 대했다. 역시나 천산그룹의 회장이
라고 해야 할까? 손자를 잃은 슬픔을 결코 내비치지 않으려고
노력하는 모습이 보였기 때문이다.

끼익~

천산태 회장과 현중이 이야기를 나누는 도중에 다시 병실
문이 열리더니 검은 양복에 핸섬해 보이는 남자 한 명이 들어
왔다. 병실로 들어온 남자는 곧바로 현중에게 다가가더니 고
개를 숙여 인사했다.

"이번에 대동그룹에서 보낸 변호사 김영호입니다."

"변호사? 부른 적이 없는데?"

현중은 아직 교통사고 후의 복잡한 절차를 겪어본 적이 없
다. 거기다 타이밍 좋게 변호사가 나타난 것도 이상해서 물었
다.

"좀 전에 대동그룹 측에서 연락을 받고 바로 왔습니다. 경
찰 조사 등 참고인으로 많은 법적 절차를 밟게 될 테니, 그걸
제가 대신하게 된다고 생각하시면 됩니다."

"알겠습니다."

현중의 주위에 이렇게 발 빠르게 대처할 녀석은 테른뿐이
란 것을 알기에 알아서 잘 하겠지 하는 생각에 변호사에게 맡

기기로 했다.

변호사가 현중과의 인사를 마치고 천산태 회장을 보았다.

"오랜만에 뵙습니다, 회장님."

"누군가 했더니 김영호 변호사군. 오랜만일세."

이미 김영호와 천산태는 구면인 듯 서로 친근하게 인사를 나누었다.

"이번에 새로 개업했다고 하더니 대동그룹을 맡게 되었나 보군."

"네. 그동안 감사했습니다."

"이 김현중 회장은 나에게는 큰 은인일세. 불편함이 없게 최선을 다해주게."

친하게 이야기를 나누는 걸 보니 전부터 알고 지내는 사이인 모양이었다.

현중은 가족도 왔으니 더 이상 자신이 없어도 되리라 여기고 인사를 하고 나가려 했다.

하지만 아직 나갈 때가 아닌지 또다시 병실 문이 열리면서 들어온 천유화와 딱 마주쳐 버렸다.

"오랜만이에요."

"네."

"백화점에서 헤어진 후로 처음이죠?"

레이스가 나타나서 급하게 헤어진 후로 처음이니 맞는 말이긴 한데 어째 천유화의 말의 뉘앙스가 이상했다.

"그러네요."

단답형으로 대답하는 현중의 모습에 천유화는 그럼 그렇지 하는 표정으로 현중을 바라봤다. 어차피 현중에게 다정한 목소리를 듣는 것은 아직 기대하고 있지 않기 때문이다.

하지만 천유화가 포기한 것은 아니었다. 뭐랄까, 천유화는 현중에게 묘한 매력을 느끼고 있었다. 꼭 자신의 것으로 만들어보고 싶은 남자라고나 할까? 현중이 다정하게 자신을 향해 웃어준다면 어떤 기분이 들까 하는 상상도 여러 번 했었다.

"저도 고맙다고 인사드릴게요. 새언니와 조카를 구해줘서요."

재탕이긴 하지만 천유화까지 인사를 하자 현중은 고개만 까딱하고는,

"이미 회장님에게 감사 인사는 많이 받았습니다."

"저기……."

"천유화가 현중에게 뭔가 더 할 말이 있는지 말하려는 순간 병실 문이 열렸다.

"수술이 끝났다고 합니다."

천산그룹의 직원이 가족들에게 알리자 그들은 반색을 하며 병실을 빠져나갔다. 그 와중에 천유화도 할 수 없이 따라가야 했다. 현중을 만나기가 하늘의 별 따기보다 힘든 천유화

로서는 안타까운 일이었지만 새언니가 죽다 살아났다는데 연
애놀음이나 하고 있을 수는 없었다.

"꼭 나중에 정식으로 인사드릴게요."

아쉬운 듯 현중에게 그렇게 말하고 천유화는 몸을 돌렸다.

김영호 변호사에게 나머지 절차를 맡긴 현중은 천천히 병
원 밖으로 향했다. 현중이 병원 밖으로 막 나왔을 때,

오빠～ 전화 받아～ 오빠～ 전화 받아～

현중의 휴대폰이 울렸다.

Chapter 07
배신자 찾기

마리아였다. 현중은 전화를 받았다.

"준비가 끝났나 보죠?"

예상보다 늦게 마리아의 전화가 왔길래 한마디 했는데,

[네, 한 명이 없어서 다시 불러오느라고 조금 늦었네요. 제가 있는 곳으로 오실 수 있나요?]

"크게 어려울 건 없죠."

말을 하면서 현중은 사람이 잘 다니지 않는 병원 옆 골목길로 향했다. 골목의 그림자 속으로 발을 디디는 순간, 그의 신형은 거짓말처럼 사라졌다.

그리고 다시 나타난 곳은,

"이곳이 MI-6 본부인가 보죠?"

"……."

마리아는 바로 눈앞에 연기처럼 나타난 현중을 보고는 휴대폰을 조용히 끊고 피식 웃었다.

"다음에 올 때는 최소한 노크는 해주세요."

장난스럽게 말하는 마리아와 달리 현중은 무표정하게 고개만 끄덕였다. 언제나 마이페이스인 현중의 모습에 살짝 심통이 난 마리아는 일부로 농담 삼아 찔렀다.

"설마 제가 샤워하고 있다고 와달라고 해도 이렇게 나타나실 건가요?"

마리아는 장난스럽게 농담을 건넸다. 현중은 잠시 생각하는 듯하더니 씨익 웃으면서,

"원한다면 바로 코앞에 나타나 드리죠."

"푸훗! 정말… 현중 씨한테는 이길 수가 없군요."

설마 저런 식으로 농담을 받아들일 줄은 몰랐다. 거기다 느끼한 멘트까지 사용하는 모습을 처음 본 마리아는 왠지 현중이 평소와는 다르다는 생각이 들었다.

"뭔가 기분 좋은 일이라도 있었나요?"

"……?"

"뭔가 조금 전과 분위기가 약간 변했다고 느껴져서요."

“그래요? 잘 모르겠군요.”

다시 평소의 모습으로 현중이 돌아왔지만 마리아가 느끼기에는 뭔가 미묘하게 변한 것 같았다. 뭐라고 콕 집어서 이야기할 수는 없지만 마리아가 여자라서 느끼는 것일 수도 있었다.

“그보다 그들은 어디에 있죠?”

“옆 회의실에 우선 모여 있어요. 이번 아틀란티스 탐험 때문에 간부회의를 한다는 명목으로 모았으니 현중 씨는 몰래 들어와서 그들을 살펴볼 수 있을까요?”

“몰래요?”

“네. 조직의 특성상 외부인이 같이 있을 경우 경계부터 하기 때문에 그래요.”

모습을 감추는 것은 현중에게 그리 어려운 게 아니기에 그러겠다고 했다.

“가죠.”

“그럼 우선 모습부터 감추죠.”

마리아에게 말을 건넨 다음 현중은 그대로 자신의 존재감을 죽여 버렸다. 단순히 기척을 줄이는 정도가 아니라 완전히 존재감을 없애 버리자 눈앞의 마리아가 가장 놀랐다. 아예 보이지조차 않았기 때문이다.

“현중 씨?”

“네.”

아무것도 없는 곳에서 목소리가 들려오자 그제야 마리아는 현중의 존재를 아주 조금 느낄 수 있었다. 하지만 그것도 잠시, 목소리가 사라지자 또다시 존재감이 사라져 버렸다.

투명하게 보이지 않게 한다거나 마술 같은 것으로 어딘가에 숨는 그런 성질의 것이 아니었다.

마리아 정도의 마스터가 보는 앞에서 그따위 잔재주가 통할 리가 없기 때문이다.

“이것도 현중 씨의 기술 중 하나인가요?”

“그런 셈이죠.”

말소리가 들릴 때마다 아주 미약하게 그가 어디쯤 있다고 느낄 수 있는 마리아는 고개를 돌렸지만 역시나 보이지 않았다. 뭐랄까, 보이지 않는 게 아니라 그곳에 무언가 있다는 것을 자각하지 못한다고 해야 할까?

어떤 면에서는 순간적으로 세계 여러 곳을 이동할 수 있는 능력보다 더 무서운 기술이 바로 존재감을 지우는 기술이었다. 눈 뜨고 뻔히 보고 있지만 전혀 알아차릴 수 없으니 말이다.

길을 가다 보면 돌멩이가 분명히 존재한다. 하지만 그걸 신경 쓰는 사람은 없다. 그리고 기억하는 사람도 없다.

현중의 존재감을 지우는 능력은 바로 그런 기술이었다. 사람들이 의식하지 않는, 존재하되 절대로 관심을 두지 않는 것처럼 있지만 느낄 수 없게 만드는 것이다.

어쌔신이 현중의 기술을 습득한다면 최고가 되는 것은 정말 쉬울 것이다.

"정말… 끝을 알 수가 없군요."

마리아가 고개를 흔들고는 문을 열고 이동하자 현중도 마리아를 따랐다.

수많은 특수 훈련을 받은 사람들이 머물면서 움직이는 곳. 수십 대의 감시카메라가 있고 보안에 대해서는 세계에서 둘째가라면 서러운 곳이 바로 MI-6 본부였다.

하지만 감시카메라에 보이는 현중의 모습은 마리아 뒤를 따르는 관계자이거니 하고 사람들이 무시했고, 직접 사무실에 있는 사람들은 현중의 존재를 느끼지 못하니 알지 못했다.

딸각!

"모두 모이셨군요."

마리아가 회의실에 들어오자 이야기를 주고받던 남자 열 명이 자리에서 일어났다. 그들은 마리아를 향해 공손히 인사했다.

'음, 각자 한 분야에 제법 오래 있었군.'

현중은 마리아를 따라 들어오면서 일어선 열 명의 남자를 살폈다. 그는 그들의 오라에 가장 먼저 관심을 보였다. 감정에 따라 수시로 변하는 오라의 색보다는 그 농도를 본 것인데, 다들 하나같이 각 분야의 전문가처럼 보였다.

하지만 오늘은 이들의 오라 색을 관찰하기보다는 배신자나 스파이를 찾아내는 게 현중의 일이었다. 현중은 즉시 움직이기 시작했다.

찾는 방법은 의외로 간단했다. 그냥 한 명 한 명 눈을 맞추고 천심통으로 그들의 생각과 기억을 읽어내면 되는 것이다.

"이번 아틀란티스 탐험대는 알다시피 국가적으로 매우 중요한 임무를 띠는 특성상 보안이 생명입니다."

마리아가 첫마디를 시작하면서 뭔가 말하려는 순간,

"더 이상 말하면 안 될 것 같군요."

"……!!"

"……!!"

현중이 마리아의 옆에서 모습을 드러냈다.

덜컹!

우당탕탕탕!!

열 명이나 되는 핵심 책임자들이 자리에서 벌떡 일어나 품에서 재빨리 권총을 꺼내 들어 현중을 겨냥했다. 한 마리 비호와 같다고 해야 할까? 생각하고 나서 움직이는 그런 움직임이 아니라 본능적이었다.

철컥! 철컥철컥! 철컥!!

열 명이 겨누는 권총에서 노리쇠가 장전되는 소리가 일사 불란하게 들렸다.

"모두 총을 내리세요."

마리아는 설마 현중이 예고도 없이 모습을 드러낼 줄은 몰 랐기에 당황했지만 침착하게 대응했다. 당장 현중을 겨누고 있는 총부리를 치워야 했기에 서둘러 그들에게 명령을 내렸 다.

하지만 그 누구도 총을 거두지 않았다.

"제 말이 들리지 않습니까? 총을 거두세요. 적이 아닙니 다."

마리아가 재차 목소리에 힘을 주어 말하자 어쩔 수 없이 하 나둘씩 총의 장전을 풀고 각자 품속으로 집어 넣었다. 여전히 표정은 많이 긴장되어 있었다.

마리아가 현중에게 가까이 다가섰다.

"최소한 기척은 내고 모습을 드러내셔야죠."

"그런가요? 별다른 말이 없길래 그냥 제 맘대로 했는데. 미 안합니다."

누가 보면 참 건성으로 사과하는 것 같이 보이지만 마리아 는 원래 현중이 저런 사람이려니 생각하고는 다시 물었다.

"그보다 왜 갑자기 모습을 드러낸 거예요? 설마… 벌써 알 아낸 건가요?"

들어와서 딱 첫마디 했을 뿐이다. 시간으로 치면 겨우 30초나 흘렀을까? 본격적으로 뭔가 이야기를 꺼내지도 않았는데 현중이 모습을 드러내는 바람에 마리아의 계획이 꼬여 버렸다.

"이미 알아냈습니다. 그보다……."

현중이 뭔가 말꼬리를 슬쩍 늘어뜨리자 마리아는 직감적으로 예상을 벗어난 진실이 있다는 것을 눈치챘다. 현중은 아직도 긴장한 채 현중을 노려보는 열 명의 책임자를 훑어보며 말했다.

"전원 배신자면 어떻게 하실 겁니까?"

나직하지만 확실한 말소리. 마리아는 그 말을 믿을 수가 없었다.

"틀, 틀림… 없나요?"

마리아가 다시 물어보았지만 현중은 단호하게 답했다.

"열 명 모두 배신자입니다."

"……."

완전 예상을 벗어난 현중의 말에 마리아도 할 말을 잃어버렸다.

책임자들은 긴장하고 있었다. 갑자기 현중이 나타나 마리아와 낮은 목소리로 이야기를 나누더니 그녀의 표정이 심상치 않게 변한 것이다. 그들도 특수 훈련을 받고 여러 가지 임

무를 수행하면서 지금의 책임자 자리에 올라 있는 사람들이
다. 당연히 분위기만 봐도 뭔가 이상하다는 것을 느낄 정도의
능력은 있었다.

그때, 순식간에 긴장감이 내려앉은 장내의 가장 뒤쪽에 있
던 책임자 한 명이 슬쩍 손을 주머니에 넣더니 꼼지락거리기
시작했다.

마리아는 충격으로 잠시 놀라 굳어 있었지만 현중은 이미
누군가가 서투른 짓을 할 것이라고 예상하고 있었다. 예의 주
시하던 찰나에 그가 걸려든 것이다.

한마디로 낚싯대를 던져 놓고 기다리고 있던 현중에게 수
상한 행동을 보인다는 것은 미끼를 물었다는 말이나 다름이
없었다. 현중의 입가에 미소가 맺히며 그가 슬쩍 오른발을 자
연스럽게 앞으로 내밀었다.

"헛!"

모두가 보는 앞에서 갑자기 현중이 사라졌다. 그와 동시에
뒤쪽에서 돼지 멱따는 소리가 들렸다.

"쿨럭!!"

아홉 명의 남은 책임자들은 뒤를 돌아보았다. 눈앞에서 사
라진 현중이 어느새 책임자 한 명의 목을 움켜잡고 있었다.
갑작스레 목이 잡힌 책임자가 현중의 손에서 벗어나기 위해
발버둥치고 있는 모습이 모두의 시야에 들어왔다.

그런데 그런 모습보다 더욱 놀라운 것은, 호리해 보이는 현중이 90kg은 넘는 성인 남자를 가볍게 한 손으로 들고 있다는 것, 거기다 그 남자는 특수 훈련을 받은 사람인데도 허무하리만큼 반항을 못하고 있다는 것이다.

철퍼덕!

현중은 끝까지 발버둥을 치기에 그대로 대리석 바닥에 내리꽂아 버렸다.

"쿨럭!!"

얼마나 세게 내려쳤는지 사지를 바들바들 떨면서 눈동자를 부릅뜬 녀석은 곧 입에 게거품을 물고 기절해 버렸다.

"……!!"

"……!!"

그 누구도 예상하지 못한 현중의 행동에 마리아까지 놀랐지만 본능은 정직하다고나 할까?

철컥!

현중의 바로 뒤에 있던 다른 책임자가 본능적으로 위험하다고 판단했는지 품에서 권총을 꺼냈다. 전광석화(電光石火)와 같은 손놀림으로 권총을 조준하더니 곧바로 현중의 뒤통수를 향해 방아쇠를 당겼다.

탕!

회의실 내부에 요란한 총소리가 울려 퍼졌다. 하지만 자욱

한 화약 냄새를 풍기는 권총의 총구를 미처 거두기도 전에,

"헛!"

총을 쏜 녀석이 더 당황했다. 당연히 피를 뿌리면서 쓰러져야 할 사람이 없었던 것이다.

"이런, 너무 성급하군요."

"헉!!"

분명 뒤통수를 향해 쐈다. 절대 피할 수 없는 거리였다.

그러나 총성이 울린 순간 현중이 감쪽같이 사라졌다. 그리고 그 직후 총을 쏜 녀석의 바로 옆에 다시 모습을 드러낸 것이다.

"러시아 쪽에 붙은 녀석 하나!"

퍼걱!

현중은 마리아가 들을 수 있게 한마디 하고는 그대로 주먹을 휘둘러 턱을 날려 버렸다

털썩!

정확하게 턱을 맞은 녀석은 심하게 뇌가 흔들리면서 다리에 힘이 빠졌다. 그리고 눈동자를 뒤집으며 주저앉아 기절해 버렸다.

"보스!! 이게……!!"

현중의 상식을 벗어난 행동, 그리고 마리아와 같이 있는 점 등을 생각할 때 당연히 책임자들은 마리아에게 뭐라고 하려

고 했다. 하지만 그보다 현중이 빨랐다.

"일본에 첫 번째."

퍼걱!!

털썩.

"중국에 두 번째."

퍼걱!

털썩!

한 방에 한 명씩, 책임자가 배신하여 정보를 제공해 준 나라 이름을 대며 기절시키는 현중.

그가 마지막 녀석의 앞에 모습을 드러냈다.

"미국에 세 번째 녀석."

퍼걱!

털썩!

순식간에 회의장에 있던 책임자 열 명은 눈동자가 뒤집혀 기절한 채 일어나질 못했다.

드르륵!!

철컥철컥!!

현중이 모든 책임자를 처리하고 나서야 조금 전 총소리를 듣고 밖에 있던 요원들이 몰려들어 와 사방에 총부리를 겨눴지만,

"그만!"

마리아가 적절한 시기에 그들을 막아섰다.

일단 마리아가 말렸기에 공격을 개시하진 않았지만, 요원들은 영문을 알 수 없는 표정들이었다. 분명히 긴급 비밀회의 때문에 책임자들을 비롯하여 각 인원이 회의실에 모였다. 그런데 총소리가 나더니, 열 명의 책임자가 전원 바닥에 기절해 있다. 그리고 그들 사이에 이 자리에 명백히 어울리지 않는 흑발의 동양인 청년이 주머니에 손을 꽂은 채 여유롭게 서 있다. 이 이상한 광경은 대체 무엇이란 말인가.

거기다 수십 개의 권총이 자신을 향해 있는데도 주머니에 손을 넣고 천천히 걸어서 마리아 곁으로 다가가는 현중의 모습이 요원들에게 깊이 각인되었다.

"모든 요원은 쓰러져 있는 각 부서 책임자들을 긴급 체포한다!"

"네?"

갑작스런 마리아의 명령. 당연히 요원들은 회의실에 들어가는 걸 본 적이 없는 동양인 청년을 잡으라고 할 줄 알았다. 하지만 반대로 기절한 상관을 체포하라는 마리아의 명령에 모든 요원들이 주춤거렸다.

"언제부터 우리가 배신자에게 너그러웠지?"

마리아의 눈빛이 매섭게 변했다. 그 눈빛을 마주한 요원들의 표정이 굳어졌다.

배신자.

첩보부의 특성상 가장 위험하고 조심해야 될 것이 바로 배신자였다. 정보를 취급하고 그것으로 움직이는 첩보부에 배신자가 있다면 그건 어떻게든지 우선적으로 처리해야 했다.

하지만 오늘 아침만 해도 보고를 하고 명령을 받던 직속상관이다. 그렇기에 아무리 전문요원이라고 할지라도 표정이 굳어질 뿐 선뜻 나서지 못했다.

그때 현중이 마리아 곁으로 걸어가면서,

"많은 조정이 필요하겠군요. 우선 내부부터 말이죠."

뼈가 있는 현중의 말에 마리아는 입술을 깨물었다.

"마리아 스핀 바로슈 백작의 이름으로 명령한다!"

온몸의 마나가 활성화되면서 마리아의 몸에서 살기가 폭사되었다. 일순간 모든 요원들이 숨을 죽였다.

"영국 왕실을 수호하고 지키는 템플재단의 책임자로서 MI—6를 배신한 배신자들을 잡아들일 것을 명한다!"

마리아가 포스까지 움직여 명하자 그제야 요원들이 서둘러 자신의 직속상관이던 책임자를 잡아들이기 시작했다.

그렇게 MI—6에 배신자 축출이라는 엄청난 폭풍이 시작되었다.

배신자의 숫자와 체계는 생각 이상으로 깊고 무서우리만큼 조직적이라는 게 이번 배신자 축출에서 드러났다. 거기다 충격적이게도 갓 들어온 신입 요원부터 정년퇴임을 앞둔 요원까지, 그 연령도, 배신한 국가도 아주 다양했다.

미국, 중국, 일본, 러시아, 인도, 프랑스 등으로 국가적으로 국력이 제법 강한 국가는 모두 들어 있었던 것이다.

"하아, 이 정도일 줄이야."

현중의 도움과 MI-6 내부 감사로 알아낸 배신자는 정확하게 100% 맞아떨어졌다. 하지만 정보의 정확도와 빠르기로는 현중이 단연 압도적이었다. 현중이 말한 배신자를 잡아들여 조사를 해보니 정말 말 그대로였던 것이다.

그래도 세계적으로 알아주는 정보기관 중 하나인데 이 정도로 썩었다는 것에 마리아는 할 말을 잃어버렸다. 만약에 이대로 아틀란티스 탐험을 시작했다면 모든 정보를 고스란히 적국에게 넘겨주는 꼴밖에 되지 않았을 것이다. 생각만 해도 아찔했다. 죽 쒀서 개 주는 것도 모자라 가져다 바치는 꼴이 될 수도 있었다.

며칠 동안 현중의 말로 시작된 배신자 축출은 MI-6를 완전 뒤집어 버렸다. 그 소식은 당연히 빠르게 영국 여왕의 귀에까지 들어갔다.

당연히 여왕의 호출을 받은 마리아는 현중과 함께 여왕 앞에 다시 섰다.

"참 유감스러운 소식을 들었군요, 바로슈 백작."

여왕에게도 MI-6의 배신자 축출은 충격일 수밖에 없었다. 영국 왕실를 수호하는 임무는 템플재단만 가지고 있는 게 아니었다. MI-6도 당연히 영국 왕실을 수호하는 임무를 가지고 있는 곳인데 그곳에서 열 명의 각 부서 책임자 모두 배신을 했다는 소식은 위기감을 갖게 하기에 충분했다.

"그리고 많은 도움을 받았다고 하더군요, 미스터 현중."

일단 미스터라는 호칭을 사용하며 예를 갖추긴 했지만 현중을 대함에 있어 여왕으로서는 결코 심기가 편지 못했다. 한마디로 제 나라의 치부를 모두 드러낸 것과 다름없기 때문이다.

"별말씀을……. 아틀란티스를 찾기 위해서는 한 배를 탄 동지 아니겠습니까? 당연히 해야 할 일이었습니다, 여왕 폐하."

현중이 정중하게 고개 숙여 인사하자 여왕은 웃으면서 현중의 도움에 감사를 표했다. 하지만 현중을 바라보는 여왕의 눈빛은 결코 부드럽지 못했다.

"바로슈 백작에게 직접 듣고 싶군요. 몇 명인가요?"

배신자의 수를 묻는 여왕의 질문에 마리아는 차렷 자세로 답했다.

"각 부서의 책임자를 포함해 모두 59명으로 드러났습니다. 전원 체포했고 그동안 새어 나간 정보의 양과 일급 비밀문서

유출에 관해 조사 중입니다, 여왕 폐하."

"…생각보다 많군요."

여왕은 59명이라는 숫자보다 각 부서의 모든 책임자가 포함되었다는 사실이 더 심각하다는 것으로 받아들였다. 그중에서 여왕이 심어놓은 사람도 있었다. 하지만 지금 생각해 보면 계획적으로 여왕에게 접근해 MI—6로 보내게 만들었다는 심증마저 들자 충격을 받았다.

하지만 무엇보다 여왕의 심기를 건드리는 것은 바로 현중이었다. 자국민도 아니고 국력이 강한 나라의 사람도 아니다. 동양의 작은 반도에서 온 젊은 청년인 현중은 여왕이 보기에도 정말 알 수 없는 사람인 것이다.

"죄송합니다. 모두 저의 불찰입니다, 여왕 폐하."

마리아는 이번 사건은 정말 입이 열 개라도 여왕에게 할 말이 없었다. 하지만 여왕은 고개를 저으면서,

"아니에요. 차라리 잘됐죠. 지금이라도 잡아냈으니 말이에요. 그보다 거기 미스터 현중은 한국에서 왔다고 했나요?"

"네, 여왕 폐하."

"사실 이번 MI—6의 일은 외부에 절대 알릴 수가 없는 일입니다. 그래서 뭔가 보답이라도 해주고 싶은데 크게 해줄 만한 게 없네요. 그래서 대신 영국 여왕의 이름으로 명예 작위를 하사하려고 하는데 어떤가요?"

확실히 현중의 도움은 고마운 일이지만, 명예라도 작위를 여왕으로부터 직접 하사 받을 정도는 아니다. 작위를 하사 받게 되면 영국 내에서는 자국민처럼 자유롭게 움직일 수 있었다. 거기다 한국 대사관이 아니라 영국 대사관에서도 똑같은 대우를 받는 메리트가 있었다. 앞에 명예라는 말이 붙는 이유는 작위로 인해 영국에서 구속하지 않겠다는 하나의 상징적인 의미도 있었다.

"주신다면 감사히 받겠습니다."

현중은 좋은 것을 주겠다는 데 마다할 이유가 없었다. 어차피 별 의미가 없는 것이긴 하지만 아틀란티스를 찾으러 갈 때 영국과 긴밀하게 유대를 이뤄야 하기에 조금이라도 친해서 나쁠 게 없기 때문이다.

그 와중에 마리아는 여왕이 도대체 왜 현중에게 명예 작위를 내리는지 의심하고 있었다. 외국인일 경우 자국민과 똑같은 대우를 약속하는 명예 작위는 함부로 내릴 수 없는 것이기도 하고, 현중을 여왕이 완전히 믿을 경우에나 가능한 일이다.

그런데 여왕은 현중을 이번까지 포함해서 단 두 번 봤을 뿐이다.

사람이 아무리 눈썰미가 좋다고 해도 겨우 두 번 보고 믿는다는 건 있을 수 없는 일이다. 거기다 여왕의 속내를 아직 알 수 없는 마리아는 너무나 호의적으로 현중을 대하는 모습을 그대로 받아들일 수 없었다. 지금도 틈만 나면 어떻게든지 마리아를 왕실과 엮으려고 여러 가지 꾀를 부리고 있는 것을 뻔히 알고 있으니 어쩔 수 없었다.

“때가 되면 제가 다시 미스터 현중을 초대하죠.”

“네, 여왕 폐하.”

“그럼 이만 물러나도록 하세요.”

여왕은 그렇게 현중과 마리아를 돌려보냈다.

그렇게 둘이 물러나자 여왕의 인자한 표정은 온데간데없이 사라지고, 눈빛이 무섭게 변했다.

“건방진 놈들. 감히 나를 뭐로 보고. 나를 이용한 것도 모자라 영국 자체를 쥐고 흔들려고 했단 말이지.”

프라이드가 강한 여왕에게 MI—6 배신자 사건은 충격 그 자체였다. 거기다 살날이 얼마 남지 않은 자신에게는 악재가 겹치는 꼴과도 같았다.

지금 바로슈 백작과 왕실의 관계만 해도 머리가 아플 지경인데 가장 믿고 있는 MI—6에서 열 명의 책임자 전원이 다른 나라에 정보를 팔아넘겼으니 그 분노를 어떻게 해야 할지 모를 정도였다.

하지만 결코 겉으로 드러나서는 안 된다. 여왕은 언제나 냉정하고 사리 분별이 냉철해야 하는 법이다.

결코 흔들리지 않는 판단력으로, 여왕은 현중을 주시했
다.

그의 도움으로 MI—6 내부의 배신자를 100% 잡아낼 수 있
었다.

그 보고는 여왕으로 하여금 현중을 다르게 보게 만들었
다.

거기다 비밀리에 입수한 회의실에서의 영상은 더더욱 그
시각을 확고하게 만들었다.

현중을 붙잡아야 한다. 어떤 식으로든 그는 영국에 도움을
줄 수 있는 자라고 판단한 것이다.

"강해. 너무 강해."

여왕의 자리는 그냥 앉는 게 아니다. 남자가 아닌 여자의
몸으로 영국의 왕실을 이끌고 유지한다는 건 엄청난 노력과
타고난 감성이 없으면 불가능했다.

그 능력이 말하고 있었다, 현중의 강함을. 그저 막연히 강
하다는 느낌보다, 베이스퍼나 마리아와는 또 다른 강함의 매
력이 있었다.

잠시 상념에 빠져 있던 여왕은 둘이 떠난 후 시중을 위해
들어온 집사 콜린을 불렀다.

"콜린."

"네, 폐하."

"미스터 현중에게 어떤 작위가 어울릴 것 같은가?"

여왕이 슬쩍 가장 측근이자 집사인 콜린에게 묻자,

"제 생각으로는 남작이 적당할 것 같습니다."

"남작?"

여왕도 그 의견에 찬성했다. 자작은 너무 높고 남작 정도가 괜찮을 것 같았다. 그러나 다시 생각해 보니 뭔가 부족했다.

"음, 남작으로 충분할까?"

고심하는 여왕을 본 콜린이 조용히 말했다.

"외국인에게 백작이나 자작의 작위를 내리는 것은 자칫 MI-6 일을 다시 끄집어내는 일이 될 수도 있습니다. 그 전에, 자국민이라면 그냥 어떻게 핑계거리가 있겠지만 외국인에게 명예 작위를 내리는 것 자체가 제가 생각하기에는 조금은 과한 것 같습니다."

스스럼없이 자신의 생각을 말하는 콜린의 모습은 어떻게 보면 참으로 건방져 보일 수도 있다.

하지만 여왕은 콜린의 말을 경청하면서 깊게 생각하고 있었다.

이미 수대를 걸쳐 여왕을 모신 콜린 가문은 바른 말을 하기로 이미 유명했다. 여왕도 그걸 알기에 콜린을 가까이 두는 것이다.

목에 칼이 들어와도 영국 왕실에 해가 되는 일이 있다면 절

대로 하지 않는 충신 중의 충신 가문인 것이다. 거기다 콜린
과 여왕은 어릴 때부터 같이 자라온 사이라 그 누구보다 서로
의 성격을 잘 알고 있었다.

"콜린은 내가 성급하다고 생각하나 보군."

여왕이 웃으면서 콜린을 향해 말하자 콜린은 1초의 생각도
없이,

"그렇습니다."

"후후훗, 콜린."

"네, 폐하."

"난 이상하게 동양의 청년이 마음에 든단 말야. 왠지 뭔가
듬직해 보이지 않아?"

여왕의 말을 가만히 듣던 콜린은 고개를 들어 여왕을 똑바
로 바라보면서,

"폐하, 혹시… 미스터 현중에게 반하셨습니까?"

어떻게 보면 불경죄에 해당할 말이지만 콜린은 스스럼이
없었다. 여왕은 그런 콜린을 질책하기는커녕 웃으면서 손사
래를 쳤다.

"호호호훗, 반했다……. 솔직히 내가 나이만 젊었다면 한
번 건드려 보고 싶은 욕심은 생기긴 하더군. 하지만 그보다
기회만 된다면 왕실로서 붙잡고 싶은 생각이 들어서 말야."

"폐하."

외국인을, 그것도 동양인을 왕실에 들이고 싶다는 말은 한 마디로 왕실의 공주와 혼인을 시키고 싶다는 말이나 다름없다.

다른 나라의 귀족은 영국 왕실에 온 적이 있다. 하지만 동양인은 없었다.

뭐랄까, 동양인은 아직 유럽에 비해 안 된다는 사고방식이 팽배하기도 했지만 너무 멀리 있어 국가적으로 봤을 때 별 도움이 되지 않기 때문이다.

왕실의 혼약은 그 무엇보다 국가의 이익이 먼저였다. 그러다 보니 주변국에서 배필을 찾는 게 당연했다. 프랑스의 경우, 옛날부터 영국과 혈연으로 제법 많이 연결되어 있어 우호적이기로 유명했다.

"콜린, 자네는 현중이라는 청년이 마음에 들지 않는가 보지?"

콜린은 현중에게서 여왕이 느낀 것 같은 다른 점을 느낄 수가 없었다. 약간 미스터리하면서도 독특한 분위기를 풍긴다는 것은 인정하지만 여왕이 탐낼 만큼의 매력은 느끼지 못했다.

그리고 동양인이 영국 왕실에 온다는 건 생각조차 해본 적이 없었다.

"콜린은 놀랐을 때의 표정이 참 재미있단 말야. 호호호호호홋!”

“폐, 폐하…….”

콜린은 방금의 말로 지금까지 여왕이 자신을 놀리려고 한 말이라는 것을 깨닫고는 당황했다.

좀처럼 농담을 잘 하지 않는 여왕의 성격상 한번 이렇게 뜬금없이 농담 비슷한 말을 던지기라도 하면 콜린은 100% 걸려들었다.

“그냥 개인적인 내 생각으로 그렇다는 거지, 여왕으로서 그렇다는 건 아니니 너무 걱정하지 말게.”

“알겠습니다, 폐하.”

콜린은 아직도 이렇게 뜬금없이 농담을 하는 여왕의 모습에 진땀을 흘렸다. 여왕은 곤혹스러워하는 콜릭의 모습이 재미있어했다.

“미스터 현중에게는 명예 남작의 작위를 내리도록 준비하게.”

“네, 폐하.”

그렇게 현중의 명예 작위는 남작으로 정해졌다. 하지만 명령을 받들고 돌아서려는 콜린의 눈에 여왕의 얼굴이 잡혔다.

그 입가의 진한 미소를 보는 순간 콜린은 돌연 이런 생각이 들었다.

먹이는 노리를 맹수의 미소.

조금 전 여왕의 농담은 결코 농담으로 끝나지 않으리라고,
콜린은 직감하고야 말았다.

Chapter 08
러시아로……

“현중 씨는 아무렇지 않나요?”

여왕을 만나고 돌아오는 차 안에서 마리아가 슬쩍 물어보

자,

“뭐가 말이죠?”

“여왕 폐하께서 굳이 명예 작위까지 내리시려는 의도 말이

에요.”

마리아는 설마 현중이 준다고 덥석 받으라고는 생각지 못

해 물어본 것이다. 대답하는 현중은 정말 천진한 표정이었다.

“굳이 주겠다는데 받는 게 도리 아닌가요?”

“…설마 여왕 폐하께서 현중 씨에게 명예 작위를 수여하는 속뜻을 모르세요?”

마리아는 설마 했다. 속을 알 수 없지만 지금까지 어떤 상황에서도 날카로웠던 현중을 생각하면 분명히 뭔가 이유가 있어서 명예 작위라는 미끼를 덥석 물었을 것이라 여겼다. 하지만 그런 마리아의 예상은 아주 철저하게 빗나갔다.

“굳이 제가 알아야 할 이유라도 있나요?”

“…….”

현중의 말대로 굳이 알아야 할 이유는 없었다. 하지만 한 가지만은 확실하게 마리아도 알게 되었다. 현중은 여왕이 어떤 사람인지 전혀 모르고 있다고 말이다. 자신의 스승인 베이스퍼도 여왕만큼은 어려워하는 이유가 분명히 있었다.

한때 베이스퍼가 여왕에 대해서 마리아에게 이렇게 말한 적이 있다.

“마치 정치가 백 명과 토론하는 느낌이었어.”

그후로 베이스퍼는 여왕과의 독대를 매우 싫어하게 되었다.

지금의 편안하게 웃고 있는 현중은 여왕의 본모습을 전혀 모르고 있다. 그런데 웃기게도 마리아는 여왕의 본모습에 대해서 자신이 나서서 말해줄 수가 없었다. 좋든 싫든 마리아는 영국의 귀족이고 왕실을 수호하는 입장에 있다. 그런 마리아가 외국인에게 아무리 현중이라도 여왕의 장단점을 시시콜콜 알려줄 수는 없는 법이니 말이다.

결국 현중의 말대로 마리아는 현중에게 모든 것을 오픈해서 보여줄 수 없는 입장인 것이다.

"잠깐 차를 좀 세우세요."

거의 인적이 없는 한적한 도로에 다다랐을 무렵 현중이 갑자기 이야기했다. 마리아는 우선 차를 세웠다.

딸각!

곧바로 안전벨트를 풀고 차에서 내린 현중은 주변을 한번 살펴보더니,

"기다리다 지쳤다면 이제 나오는 게 좋은 것 같은데?"

나직하지만 마나를 실어 사방으로 말하자, 묵직한 목소리가 사방으로 퍼져 나갔다.

부스럭!

마치 현중의 말을 기다렸다는 듯 길 양쪽의 갈대숲이 바람도 없는데 흔들거리더니 시커먼 것이 불쑥 솟아났다.

씨익~

갑자기 검은 인영이 솟아났지만 현중은 웃음을 걸치고 여전히 주머니에 손을 꽂은 채 서 있었다.

부스럭부스럭.

갈대를 헤치며 그들이 조금 더 가까이 왔다. 차의 헤드라이트로 인하여 구별할 수 있게 된 모습에서 가장 먼저 시선을 잡은 것은 붉은 베레모였다.

"아직도 미련이 남아 있나, 알렉산드로 체르늬하 대령?"

현중은 위장 크림으로 떡칠을 했지만 손쉽게 알렉산드로를 알아봤다. 가까이 다가온 군복 차림의 알렉산드로는 현중을 보고 난 후 차에 타고 있는 마리아를 바라봤다.

"아직도 러시아에서 인어를 회수하라는 명령을 철수하지 않았나 보군."

그런데 이번에는 혼자였다. 당연히 그런 공격을 받고 쓰러진 네 명이 금방 일어날 것이라고는 생각지 않았지만 혼자 나타날 줄은 몰랐다.

"나에게 무슨 짓을 했지?"

알렉산드로가 현중을 노려보면서 한마디 하자 현중은 씨익 웃으면서,

"생각보다 눈치가 빠르군."

현중은 알렉산드로의 마나를 완전히 봉인해 두었다. 그런데 예상보다 그걸 빨리 알아채고는 이렇게 혼자 나타난 것이다. 현재 알렉산드로는 전혀 마나를 쓸 수 없는 몸이었다. 마나를 사용할 수 있어도 승산이 없는데 마나를 봉인당한 상태

에서 홀로 나타난 것을 보면 대단히 간도 큰 모양이다.

마나석으로 마스터가 된 사람들은 현중이 마나를 봉인하면 그 원인을 찾지 못했다. 카이쇼도 그렇고 닌자들도 그렇고, 모두가 자신이 왜 힘을 쓰지 못하게 되었는지 전혀 알지 못했는데 알렉산드로는 불과 반나절 만에 현중이 뭔 짓을 했다는 걸 알아챈 것이다.

"풀어라."

알렉산드로가 별다른 말도 없이 단도직입적으로 말하자 현중은 그대로 되받아쳤다.

"싫어."

"……."

현중의 답에 알렉산드로는 말없이 노려보기 시작했다. 그러자 현중이 웃으면서,

"적을 도와주는 건 군인이 아니라 민간인이라도 하지 않는 짓이지. 안 그런가?"

마리아를 습격했으니 명백히 적이다. 그런 적에게 현중이 제재를 가한 것은 당연했다. 오히려 죽이지 않은 것만 해도 감사해야 할 판인데 알렉산드로는 당당하게 자신에게 가한 금제를 풀어달라고 요구한 것이다.

"내가 어떻게 하면 풀어주겠나?"

현중은 알렉산드로의 모습에 조금은 이상함을 느꼈다. 피

도 눈물도 없는 군인들로 알려진 스페츠나츠는 임무를 위해서는 물불을 가리지 않기로 유명했다. 하지만 알렉산드로 체르닉하는 지금까지 알고 있던 스페츠나츠와 조금 다르게 행동하는 것이다.

금제를 당한 것도 알고 있고 그걸 적인 현중이 했다는 것도 알고 있는데, 거기다가 적 앞에 혼자 나타났다는 것이 가장 이상했다. 혹시나 해서 기감 영역과 마나 영역을 전방 10km까지 퍼뜨려 살펴봤지만 다른 매복이나 숨어 있는 녀석도 없었다.

"왜 내가 풀어줘야 하지?"

현중이 여전히 풀어줄 생각이 전혀 없다는 식으로 대답하자 알렉산드로는 심하게 고민하는 표정이 되었다. 그리고 무언가 눈동자도 심하게 흔들리면서 한참을 생각하더니,

"내가 그들에 대한 정보를 넘겨주면 나를 풀어줄 텐가?"

"그들?"

순간 현중이 반응을 보이자 알렉산드로의 눈빛도 반짝였다. 태연하던 현중이 반응을 보였다는 것은 미끼가 확실히 효과가 있다는 뜻이다.

"내가 말하는 그들이 누군지 알려준다면 나를 풀어주겠다는 약속을 해라. 그럼 내가 알고 있는 그들에 대한 모든 정보를 넘겨주지."

"음, 그런데 군인으로서 해서는 안 되는 일 아닌가?"

"이제 난 군인이 아니다."

단호하게 말하는 알렉산드로의 말에 현중은 잠시 알렉산드로의 눈동자를 바라봤다. 약간의 거리가 있어 완벽하게 알아내진 못했지만 알렉산드로가 스페츠나츠를 그만둔 것은 확실해 보였다. 그리고 그 이유가 현중이 알렉산드로의 마나를 봉인하였기 때문이고, 그 일로 강제로 그만두게 되었다는 것까지 확인했다.

"나 때문이군, 쫓겨난 게."

현중의 말에 알렉산드로는 살짝 움찔거리는 반응을 보였지만 곧 덤덤한 표정을 지었다.

"어차피 관둘 생각이었다. 그게 조금 앞당겨졌을 뿐. 어떻게 하겠는가? 내가 이곳에 온 것은 아직까진 아무도 모르고 있다."

그 말은 곧 알게 될 거란 소리다. 그리고 그만큼 시간이 촉박하다는 말도 되고 말이다.

"좋아, 군인이 아니라면 적이 아니라는 말이니까."

애써 적이 아니라는 식으로 현중이 얼버무리면서 천천히 다가오자 알렉산드로는 잔뜩 긴장했다. 솔직히 현중이 이대로 알렉산드로를 죽여도 어쩔 수 없었다. 먼저 습격한 건 자신이니 말이다.

하지만 그만큼 알렉산드로는 당장 마나에 가해진 금제를 풀어야 하는 긴박한 사정이 있었다. 아직 추운 러시아 땅에 남아 있는 딸 마리엘르를 위해서 말이다.

러시아에 남아 있는 딸을 위해 어떻게든 돌아가야만 하는 알렉산드로는 이렇게 도박을 걸 수밖에 없었다. 마나를 봉인 당한 채 간다면 딸 마리엘르에게 도착하기도 전에 러시아 땅을 밟는 순간 처리반에게 조용히 죽을 수밖에 없다.

알렉산드로는 죽을 수 없었다. 죽은 아내 알렌이 남긴 유일한 핏줄인 마리엘르를 위해서도 절대로 죽을 수 없었다. 스페츠나츠에서 강제로 퇴역당한 것보다 알렉산드로가 알고 있는 국가 정보가 러시아에게는 위협이 될 수 있기에 도박을 해야만 했다.

오로지 살기 위해서 말이다.

'딸이라……'

알렉산드로에게 가까이 다가간 현중은 그의 눈동자를 통해 사정을 파악했다. 어째서 이렇게 무모한 짓을 하는지, 그가 가장 염원하는 것이 무엇인지 모두.

탁.

현중은 슬쩍 스치는 정도로 알렉산드로를 터치했다.

그러자 놀랍게도 알렉산드로에게 걸려 있던 금제가 그 순간 완벽히 풀렸다. 막혀 있던 마나가 온몸에 골고루 퍼지더니 세포 하나하나까지 다시 살아나는 것 같은 희열과 쾌감을 선사했다.

"포스가… 다시 돌아왔어. 포스가……."

알렉산드로는 자신의 포스가 다시 돌아온 것에 잠시 기쁨에 겨워하다가 현중을 바라봤다. 약속한 바를 지키기 위해서였다.

"그들은 러시아 정부의 핵심에 있는 자들과 연이 닿아 있소. 현 러시아 정부의 재무부부터 러시아 군을 거의 장악하고 있다고 생각하면 되오."

러시아 군 전체를 거의 장악하고 있다는 말에는 현중도 조금 놀랐다. 러시아 군은 소련 시절 미국와 자웅을 겨루기도 했던 무력을 지니고 있었다. 그런데 그런 러시아 군이 모두 그들에게 장악당했다는 말은, 그들의 생각에 따라 전쟁도 가능하다는 말이다.

"사이언톨로지. 내가 아는 건 그곳에서 네 명의 남자가 왔고, 그들이 우리를 무적의 군인으로 만들어주겠다는 말과 함께 수술대에 오르게 했소. 그리고 포스를 얻었지. 마스터들만 가질 수 있다고 하는 포스를."

말하고 있는 알렉산드로는 오히려 포스를 가진 것을 후회하는 듯했다. 그냥 스페츠나츠에 그대로 평범하게 있었다면 딸의 병원비도 충분히 유지되고, 군에도 계속 있으면서 평범하게 살아갈 수 있었을 것이다.

하지만 한순간 무적의 군인으로 만들어주겠다는 말에 혹해서 포스를 가지게 된 것은 좋았지만, 오히려 그 때문에 러시아 정부의 감시와 간섭이 더 심해졌다. 그리고 그 힘을 잃자 마치 쓰던 부품이 낡아서 고장 났다는 듯 너무나 쉽게 버려졌다.

강제로 퇴역당하게 되면 연금도 없었다. 즉, 지금까지 군에서 내주던 딸 병원비도 더 이상 지원되지 않는다는 말이다. 러시아는 혹독한 곳이었다. 그런 곳에서 심장병은 정말 큰 병이었다. 거기다 선천적으로 태어날 때부터 심장이 약한 마리엘르는 기증을 받기에도 너무나 열악했다.

뒷돈을 주지 않으면 기증받는 사람의 명단에도 올리지 못했다. 그런데 군인에 불과한 알렉산드로의 수입으로 병원비를 충당하기도 빠듯한데, 뒷돈을 줘서 기증받을 명단에 올리는 건 불가능한 일이었다.

그렇게 고민하던 차에 사이언톨로지의 감미로운 유혹이 들어온 것이다.

최강의 군인을 만들어주고 나라에서 좀 더 돈을 받을 수 있게 해주겠다고 했다. 그리고 완전히 자신의 힘으로 만들어 성과를 보이면 대령으로 승진도 시켜주겠다는 약속도 했다. 알렉산드로는 그 제안은 덥석 물어버린 것이다. 혼자의 몸이라면 결코 그런 유혹이 넘어가지 않았겠지만 유일한 혈육인 딸 마리엘르 때문에 어쩔 수 없이 생체실험에 가까운 제안을 받아들였다.

최소한 자신이 임무 도중 죽어도 나라에서 연금이 나와 마리엘르는 죽을 때까지 돈 걱정은 하지 않을 것이라는 것이 마지막 위안이었다. 그런데 강제 퇴역당하면서 그 모든 게 사라져 버렸다.

"나라가 버렸다고 이제는 그 나라를 버리려고 하는군."

현중이 너무나 정확하게 콕 집어서 알렉산드로의 심정을 말하자 그는 뜨끔했다. 하지만 선택의 여지가 없었다.

"나에게는 꼭 살려야 할 사람이 있소. 먼저 나를 버린 나라쯤은 얼마든지 버릴 수 있소."

말투만큼 단호한 표정에 현중은 상관하지 않으려 했다. 선택을 했다면 그 책임은 온전히 알렉산드로 본인이 지는 것이다. 하지만 한 가지가 걸렸다.

"그럼 사이언톨로지에서 나왔다는 네 명의 남자는 아직도 러시아에 있는 건가?"

사이언톨로지에 대한, 현재 현중이 알게 된 유일한 정보였다. 비록 그 정보가 그 조직의 꼬리 수준이라고 해도 충분히 중요했다.

"내가 임무를 받고 러시아를 떠나올 때까지도 지원자를 받

아 포스를 쓰게 하는 수술을 한다고 했으니 아직 있을 것이
오.”

씨익~

드디어 꼬리를 잡았다는 생각에 현중은 자신도 모르게 미
소를 지었다. 그의 시선이 재차 알렉산드로를 향했다.

“어차피 러시아로 돌아간다고 했지?”

“그렇소.”

“나랑 같이 가줬으면 해서 말이야.”

“……?”

뜬금없이 같이 가자니, 무슨 말인지 이해가 가지 않는 알렉
산드로였다. 그는 이대로 밀항을 해서 러시아까지 갈 생각이
었다. 노출되는 순간 죽음을 당할 것이 분명하기에 최대한 숨
겨야 했다.

하지만 현중과 같이 가게 되면 너무나 쉽게 눈에 띄게 된
다. 동양인답지 않게 큰 키에 훤칠한 모습이 아무래도 사람의
이목을 끌게 되니 말이다.

“그건 불가능하오.”

씨익~

현중은 정색을 하는 알렉산드로에게 웃어 보인 후 뒤의 마
리아를 보면서,

“혼자 먼저 가세요. 전 볼일이 생겨서 말이죠.”

"네? 현중 씨, 갑자기 무슨 일이에요?"

마리아는 자신을 습격했던 스페츠나츠와 현중이 나누는 이야기를 제대로 듣지 못했다. 그래서 갑자기 어딘가로 간다는 현중의 말을 이해할 수 없었다.

하지만 그녀는 현중에게 만족스런 답변을 듣지 못했다.

질문을 던졌을 때, 현중은 이미 눈앞에서 사라지고 난 뒤였기 때문이다.

"여, 여긴……?"

"모스크바로 알고 왔는데, 음, 맞으려나?"

현중은 알렉산드로를 매개체로 삼아 러시아로 순식간에 이동했다. 주변을 둘러보자 딱히 특별한 것은 없어 보였다. 추운 것 빼곤 말이다.

"모스크바가 맞소."

알렉산드로는 천천히 걸어서 어디론가 가더니 걸음을 딱 멈췄다. 현중이 다가가 보니 알렉산드로가 바라보는 방향에 한 병원 건물이 있었다.

"저기에 딸이 있나 보군."

"그렇소."

알렉산드로도 순식간에 러시아로 오게 된 경위는 궁금했다. 하지만 그는 현중이 보였던 신위를 떠올리며 그것에 신경 쓰지 않기로 했다. 그것보다 병원에서 딸을 구해내는 일이 더 중요했기 때문이다.

그는 현중을 바라보더니,

"한 가지 부탁이 있소."

"부탁?"

"나와 딸을 러시아에서 빼내주시오."

현중은 알렉산드로의 말에 피식 웃었다. 완전 물에 빠진 걸 건져 줬더니 보따리 내놓으라는 식이다. 러시아가 초행이라 축지법으로 이동하기 위한 매개체가 필요해서 알렉산드로를 이용했을 뿐인데, 이제는 다른 곳으로 데리고 가달라니 말이다.

"난 비행기가 아닌데?"

"원하는 모든 정보를 말해주겠소. 무조건 나와 딸을 러시아에서 안전하게 빼내주기만 하면 되오."

알렉산드로는 완전히 러시아를 버릴 생각을 하고 있었다. 물론 그건 군인으로 살았던 알렉산드로로서는 결코 해서는 안 되는 선택이지만 그 또한 아버지였다. 하나 남은 유일한 혈육이 이대로 러시아의 차디찬 땅에서 죽어가는 것을 두고 볼 수는 없었다.

사람의 삶이라는 게 정해진 규칙대로 살아갈 수는 없는 법이다. 이런 일도 있고 저런 일도 있고, 여러 가지 일이 복잡하게 엮인 것이 삶이라고 할 수 있다.

현중이 알렉산드로와 마리엘르를 데리고 러시아를 빠져나가는 건 아무것도 아니다. 하지만 공짜는 없는 법이다.

"그들이 있는 곳은?"

"모스크바 북쪽 산등성이에 있는 군병원이오."

"아직도 있을 것이라고 확신하나?"

"내가 포스를 사용할 수 있는 수술을 받고 회복할 때까지 그들이 지켜봤소. 그 기간은 2주일 정도 걸렸으니 아직도 있을 것이오."

"좋아, 거래 성립!"

현중은 알렉산드로를 데리고 이동해 곧장 그가 말한 병원 옥상에 모습을 드러냈다.

"……."

알렉산드로는 현중의 능력에 혀를 내둘렀다. 도대체 어떤 사람이길래 이런 것을 아무렇지 않게 하는지도 궁금했지만 조금 전처럼 신경 끄기로 했다. 지금은 다른 일이 더욱 시급했다.

"한 가지만 물어보고 싶은데……."

"물어보시오."

옥상에서 내려가려던 현중이 슬쩍 뒤를 돌아 알렉산드로를 보면서 말했다.

"그 녀석들, 강한가?"

끄덕.

알렉산드로는 입술을 굳게 다물고 고개를 끄덕였다.

실제로 알렉산드로가 포스를 거의 자유자재로 다루게 되고 나서 그들 한 명을 상대로 실전 대련을 한 적이 있다. 하지만 결과는 참패였다.

옷자락 하나 건드려 보지 못하고 지쳐 버렸던 것이다. 그건 2대 1이 되어도 마찬가지고, 5대 1 실전 대련에서도 똑같은 결과였다.

하지만 그들은 알렉산드로의 능력에 감탄하면서 리더로 추천했다. 다섯 명 중에서 가장 마나를 능숙하게 다뤘기 때문이고, 실제로도 가장 강했다.

"다섯 명이 한꺼번에 덤볐지만 옷자락 하나 건드려 보지 못했소."

씨익~

정말 현중에게는 반가운 소리였다. 지구에 와서 정말 상대다운 상대를 만난 적이 없기 때문이다. 기껏 강자라는 게 마스터였다. 현중과 마스터의 대결은 어린애와 전문적으로 무술을 수련한 고수의 싸움이나 마찬가지였다. 아무리 힘을 아껴도 마스터는 현중을 절대로 이길 수 없었다.

그러한 힘의 구도가 현중에게는 따분함으로 다가오고 있

던 참이었다.

마족과 전쟁을 치르면서 살았던 경험이 있는 현중은 때론 긴장감을 느끼는 강자를 만나고 싶었다.

드디어 그런 강자가 나타날지도 모른다는 것이 그를 미소 짓게 했다.

뚜벅뚜벅.

옥상에서 내려가는 현중과 알렉산드로의 발걸음 소리만이 계단에 울렸다. 병원치고는 너무나 조용했다.

"원래 이렇게 조용한가? 군병원이란 게?"

현중도 입대해서 군대를 다녀왔다. 당연히 군병원을 간 적이 있다. 하지만 한국의 군병원은 정말 복잡하고 사람도 많고 한참을 기다려야 겨우 진료 한번 받는 그런 곳이었다. 뭐 한국이 그렇다고 다른 나라까지 그러라는 법은 없지만, 이건 조용해도 너무 조용했다.

거기다 알렉산드로도 고개를 갸웃거리면서,

"전에 있을 때는 이렇지 않았는데……."

혼잣말이지만 현중의 귀에는 똑똑히 들렸다.

아직 상황을 자세히 알 수 없기에 현중과 알렉산드로는 그대로 계속 내려왔다. 옥상에서 가장 가까운 10층 복도에 다다랐을 때 슬쩍 주변을 살펴보니, 여전히 아무도 없었다.

"……."

현중이 뭔가 기묘함을 느끼고 곧바로 마나 영역과 기감 영역을 펼쳐서 병원 전체를 감쌌다. 과연 이상한 낌새가 느껴졌다.

10층짜리 병원이면 최소 몇백 명의 사람이 있어야 한다. 그런데 1층에 열 명만이 한 곳에 모여 있는 게 전부다. 그리고 조용히 앉아서 무언가 기다리는 듯한 그들의 모습도 이상했다.

'설마 내가 온다는 걸 미리 알고 있나?

그런 생각이 들었지만 그건 좀 아니었다. 알렉산드로가 나타난 것도 현중은 몰랐고, 현중이 러시아로 오게 된 것도 모두 알렉산드로를 만났기 때문에 이뤄진 결과다. 즉, 우연과 현중의 변덕으로 이곳 병원까지 오게 된 것이다.

하지만 지금 병원의 모습은 너무나 이상했다.

거기다 무언가 현중의 기감 영역과 마나 영역을 어지럽히고 있어서 자세하게 알 수 없었다. 확실하게 알려면 어쩔 수 없이 가까이 가야만 하기에 현중은 우선 1층까지 내려가기로 했다.

"알렉산드로는 어쩔 거지?"

지금의 분위기에 알렉산드로도 뭔가 잘못되었다는 것을 느꼈는지 잔뜩 긴장해 있는 표정이었다.

"만약에 내가 죽으면 내 뱃속에 들어 있는 포스 스톤을 당신이 가지시오. 대신 딸 마리엘르를 부탁하오.”

이미 이곳에 온 이상 더 이상 도망칠 곳이 없었다. 그리고 스페츠나츠의 최고 군인이던 자신이 이대로 뒤에 숨어 있는 것은 스스로 용납하지 못했다.

알렉산드로는 모르고 있는데, 이미 사람의 몸에 적응해 버린 마나석은 더 이상 마나석이 아니다. 현중은 그 사실을 알고 있지만 그냥 고개를 끄덕여 주었다.

5층, 2층…….

엘리베이터는 습격을 받을 때 대처하기 가장 취약한 곳이라는 알렉산드로의 말에 계단을 선택한 현중은 2층에 다다랐을 때 확실히 느꼈다.

'마법진이군.'

열 명의 사람이 모여 있는 곳에 탐지에 관한 모든 것을 무효화시키는 마법진이 발동되고 있었던 것이다. 그나마 현중의 기감 영역과 마나 영역은 마법이 아니라 완전히 무효화되진 않았지만 마법진의 특성 때문인지 2층에 내려와서야 확실하게 마법진의 존재를 느낄 수 있었다.

그와 동시에 마법진 안에서 느껴지는 강력한 마나의 소용돌이를 현중은 보았다. 마법진으로 감춰지긴 했지만 마나의 길을 각성한 현중의 눈에는 당장에라도 밖으로 뛰어나오려고 하는 마나의 소용돌이가 너무나 선명하게 보인 것이다.

“기다리고 있었군.”

확실했다. 마법진까지 동원해서 정체를 적당히 숨기고 대기하고 있는 열 명은 현중을 기다리고 있었던 것이다.

꿀꺽.

알렉산드로도 현중의 말을 듣자 불안했던 느낌이 들어맞았다는 것에 긴장의 끈을 팽팽하게 잡아당겨 집중하기 시작했다. 본능적으로 알렉산드로의 마나가 움직이더니 온몸으로 퍼지면서 세포 하나하나를 활성화시키기 시작했다.

저벅저벅.

드디어 1층 복도에 들어서자 마나의 소용돌이가 갑자기 조용하게 가라앉았다. 한순간에 현중을 방해하던 마법진이 사라져 버렸다.

“온다!”

현중이 한마디 하자,

드르륵.

1층의 병원 사무실로 보이는 문이 열리면서 여섯 명의 붉은 베레모를 쓴 스페츠나츠가 모습을 드러냈다.

“치잇!!”

그들을 본 알렉산드로는 괴로운 듯 인상을 찌푸렸다. 못내 시선을 잠시 외면했다가 다시 그들을 바라봤다.

“아는 녀석들인가?”

현중이 물어보자 알렉산드로는 말없이 고개를 끄덕였다. 그는 허리춤에서 대검 두 개를 꺼내 뒤집어 양손으로 단단히 잡았다. 그의 표정은 영 좋지 못했다.

"내가 처리할까?"

현중이 한마디 하자 알렉산드로는 고개를 저었다.

"이미 평범한 인간으로 돌아가긴 틀린 녀석들이오. 최소한 나라의 부속품으로 살다가 죽을 바엔 내가 편안하게 보내주는 게 도리겠지. 그리고 더 이상 나 같은 녀석이 나오지 말아야 해. 절대로."

그나마 다행이라면 지금 나타난 여섯 명은 모두 홀몸이었다. 알렉산드로처럼 지켜야 할 가족도 없고 반겨줄 사람도 없는 그런 혈혈단신의 몸이었다. 그것이 그나마 알렉산드로에게는 약간의 위안이 되었다.

말로는 무언가 위하는 척을 했지만 모두 자기 위안이었다. 실제 알렉산드로가 자신이 몸담고 있던 부대원과 싸우려고 하는 것은 모두 자신의 딸을 위해서였다. 자신은 어차피 러시아에 있는 것이 발각되면 무조건 저들 손에 죽게 되어 있었다. 결국은 살기 위해서 저들을 죽여야 하는 것은 변함이 없다. 아무리 좋은 미사여구를 붙여도 결국 살기 위한 방법이었다.

"그럼 내가 빠지지."

현중은 아직 알렉산드로가 말한 그들이 나타나지 않은 상
태라 굳이 자신이 나설 필요를 못 느꼈다. 알렉산드로는 강하
게 고개를 끄덕이고는 제 발로 앞으로 나아갔다.

"알렉산드로 대령, 참으로 유감입니다."

여섯 명 중 가운데 있던 대머리 녀석이 멋쩍게 웃으면서 알
렉산드로를 향해 한마디 했다.

"보리스."

알렉산드로가 낮게 대머리의 이름을 중얼거렸다. 대머리,
보리스도 마나석을 이식받아 어느 정도 사용할 줄 아는지 제
법 먼 거리에서도 그의 말을 들었다.

"그 입으로 더 이상 내 이름을 부르지 못할 겁니다, 알렉산
드로 대령."

딸각!

보리스가 먼저 양쪽 허리에 차고 있는 단검을 고정하던 똑
딱단추를 풀자,

딸각. 딸각. 딸각. 딸각…….

나머지 다섯 명도 동시에 똑딱단추를 풀고 능숙하게 단검
을 빼 들었다.

알렉산드로는 그들을 둘러보며 자세를 취했다.

"블라디미르, 예고르, 유리, 야로슬라브, 벨로 모두… 포스
를 사용할 수 있게 되었군."

알렉산드로가 하나씩 이름을 대자 다들 눈동자를 날카롭게 번뜩였다.

"조국이 그대의 목숨을 원하고 있습니다, 알렉산드로 대령. 아무리 강제로 퇴역되었다지만 적국의 스파이와 함께 나타나다니 실망이군요."

보리스가 한마디 하자 옆에 있던 예고르도 으르렁거렸다.

"조국을 배신한 자, 그 목숨 또한 조국이 가져간다."

딱딱한 말투로 자기 할 말만 던지고 그들은 서로 잠시 대치했다.

이미 서로가 서로를 너무 잘 아는 사이다. 특히나 알렉산드로가 얼마나 단검술에 능한지 다섯 명 모두 잘 알고 있다. 마스터에 오른 이상 총을 사용하는 것은 오히려 거추장스럽다. 검강을 뽑아낼 수 있는 경지가 되면 총알을 피해내는 것조차 쉽기 때문에, 마스터끼리의 대결에서 총알을 사용하는 것은 자기 발목을 죄는 족쇄를 찾는 것과 같은 일이었다.

그걸 살인술을 배운 군인들이 모를 리가 없다. 알렉산드로 덕분에 그 사실을 더욱 잘 알게 된 러시아 군은 다섯 명에게 검강을 버틸 튼튼하고 좋은 단검을 지급했다.

"하앗!"

먼저 가장 구석에 있던 벨로가 알렉산드로를 향해 뛰어들었다.

휙!

뛰어들자마자 곧바로 알렉산드로의 목을 노렸고, 여유있게 그걸 피한 알렉산드로는 오히려 벨로의 품속으로 뛰어들더니 힘차게 양팔을 교차하며 단검을 휘둘렀다.

푸악!!

정확하게 가슴에 X자 모양으로 검흔이 생긴 벨로는 믿을 수 없다는 듯 두 눈을 부릅떴다. 그는 천천히 알렉산드로의 어깨를 잡으려다 그대로 쓰러졌다.

"……!!"

뒤에 남아 있던 다섯 명은 방금 알렉산드로의 움직임을 보지 못했다. 목을 노린 벨로의 단검을 정확하게 피한 것까지는 봤는데, 그후에 갑자기 알렉산드로가 사라져 버린 것이다.

그리고 다시 나타난 알렉산드로는 힘없이 허물어지는 벨로의 품 안에서 피 묻은 단검을 들고 서 있었다.

'빠르다.'

'강하다.'

남은 다섯 명의 스페츠나츠가 알렉산드로를 보고 느낀 것은 빠르고 강하다는 두 가지뿐이었다.

거기다 본래 자신들이 알던 알렉산드로의 실력보다 훨씬 강해져 있는 것이다.

예상보다 강한 알렉산드로의 모습에 당황한 건 스페츠나

츠뿐만이 아니었다. 알렉산드로 본인도 겉으로 표현하고 있
진 않지만 놀라고 있었다.

'생각한 대로 몸이 움직인다.'

그전까지는 억지로 마나를 쥐어짜고 움직여야 했다. 당연
히 그럴수록 몸에 맞지 않는 갑옷을 두르고 움직이는 것 같이
불편했다.

그런데 어찌 된 일인지 지금 알렉산드로에게 마나는 너무
나 친숙한 느낌었다.

알렉산드로가 원하는 대로 마나가 모두 움직여서 상상한
그대로의 동작이 가능했다.

방금 벨로의 품속에 파고들었을 때도 그렇다.

그렇게 하고 싶다고 생각한 순간 아랫배에서 무언가 뜨거
운 것이 치솟았다.

그러자 눈앞에 완전히 비어버린 벨로의 가슴이 보였던 것
이다.

그리고 단검을 본능대로 휘둘렀다. 그게 끝이었다.

알렉산드로는 처음으로 느꼈다, 이것이 진정한 마나를 사
용하는 마스터라는 것을 말이다.

그리고 왜 자신들이 바로슈 백작에게 그렇게 무참히 패했
는지도 깨달았다.

아무리 검강을 뿜어내 마스터의 증거를 보여도, 가장 기본

인 마나 사용 능력 자체가 하늘과 땅 차이였던 것이다. 그리고 그것을 증명하듯 알렉산드로는 겨우 눈 한 번 깜빡일 찰나의 순간에 벨로를 죽여 버렸다.

자신의 몸이 마음먹은 대로, 생각한 대로 움직여 주자 알렉산드로는 자신도 모르게 입가에 미소를 지었다. 그는 남은 스페츠나츠 다섯 명을 똑바로 바라보았다.

자신감.

지금 알렉산드로는 자신감이 넘쳐흘렀다. 다섯 명이 동시에 덤벼도 지지 않을 자신이 있었다.

아니, 자신감만이 아니다.

지금껏 익혀온 기술을 토대로 눈앞의 다섯 명을 상대할 때 가장 빠르고 효과적인 시나리오가 저절로 그려졌다.

진정한 마스터가 어떤 것인지 조금이나마 깨닫게 된 알렉산드로는 단 한순간이지만 완전히 달라져 버렸다. 당연히 그런 알렉산드로를 상대하는 다섯 명의 스페츠나츠는 긴장했다.

하지만 자신들도 마나를 사용할 수 있는 능력을 얻었다. 벨로는 본래 성격이 급하고 참을성이 없어서 지적을 많이 받던 녀석이고, 여섯 명 중 가장 실력이 떨어지기에 그의 죽음이 다섯에게는 그리 충격이 되진 않았다.

하지만 알렉산드로의 실력은 충격으로 다가왔다. 마나를

사용할 수 있기에 알 수 있는 것이다.

지금 그가 얼마나 강한지, 그리고 얼마나 달라졌는지 말이다.

하지만 군인은 명령에 살고 명령에 죽는 법.

"한꺼번에 친다."

가장 확실하고 효과적인 전술을 보리스는 택했다.

어쩌면 당연했다.

군인들은 무술가나 싸움꾼이 아니다.

적을 죽이고 임무를 달성하는 것이 가장 우선시 되는 그들에게 5대 1의 싸움이 가장 확실한 전술인 것이다.

물론 뒤에 가만히 팔짱 끼고 있는 동양인이 걸리긴 했지만 처음부터 뒤로 빠진 것을 보니 지금 알렉산드로와의 전투에 끼어들 생각은 없어 보였다.

"타핫!!"

보리스의 기합 소리과 함께 인공 마나석을 주입한 스페츠나츠 다섯 명이 동시에 뛰어나왔다

양쪽 끝에 있던 야로슬라브와 유리는 벽을 타고 알렉산드로의 위를 노렸고, 예고르와 블라디 미르는 허리를 최대한 숙여 다리를 노렸다.

그리고 보리스는 가장 정면에서 그대로 가슴과 목을 노렸다.

챙!

챙챙!!

다섯 명이 동시에 위, 아래, 정면 할 것 없이 동시에 달려들었지만, 알렉산드로는 그들을 보면서 씨익 웃었다.

지금 보리스가 택한 전술은 이미 알렉산드로가 예상했던 것이다. 그것도 가장 높은 확률로 예상한 것이 딱 들어맞자 자신도 모르게 웃었다.

정면에서 달려드는 보리스에게는 그런 알렉산드로의 웃음이 비웃음으로 보였다.

"타핫!"

알렉산드로의 비웃음에 흥분한 보리스가 다른 네 명과 다르게 0.01초 정도 먼저 공격을 해버렸다.

본래 여러 명이 동시에 한 명을 공격할 때는 타이밍과 호흡이 중요했다.

만약에 한 명이라도 빠르거나 느리면 그곳이 빈틈이 되어 쉽게 무너질 수도 있기 때문이다.

보리스가 자신도 모르게 알렉산드로의 웃음에 흥분해서 아주 찰나의 순간 먼저 공격한 것이 실수였다.

챙!!

알렉산드로는 보리스를 향해 점프하면서 뛰어들었다. 그대로 몸을 웅크려 보리스의 단검을 쳐내면서 품안으로 파고

들었다.

"아차!"

알렉산드로가 자신의 품안으로 파고들자 그때서야 보리스는 자신의 실수를 깨달았다. 하지만 이미 늦어버렸다.

푸악!!

붉은 선혈이 보리스의 눈앞에 그려지더니 천천히 온몸에 힘이 빠져나가는 것을 느꼈다.

어떻게 한 것인지 온몸의 세포를 강하게 만들어주던 마나가 알렉산드로의 단검을 맞고 난 뒤로 거짓말처럼 사라져 버렸다.

마나가 끊겨 버린 마스터는 더 이상 마스터가 아니다.

스르륵.

털썩.

다리에 힘이 풀려 쓰러진 보리스의 눈에 예고르의 목을 알렉산드로의 단검이 쓸고 지나가는 장면이 보였다.

푸악!!

또다시 붉은 피가 사방에 퍼졌고, 보리스와 달리 예고르는 그대로 즉사했다.

단 한순간의 실수가, 0.01초의 실수가 지금의 알렉산드로에게는 너무나 커다란 빈틈으로 보인 것이다.

챙!

푸악!!

벽을 타고 달려들던 야로슬라브의 가슴에 알렉산드로의 단검이 박혔다가 뽑혀져 나왔다. 확 뿌려진 선혈에 병원의 벽이 시뻘겋게 물들였다.

사방에 흩어지는 피보라를 뒤로하고 알렉산드로는 곧바로 적을 찾아 눈을 빛냈다.

푸악!!

죽어가는 보리스가 알렉산드로의 움직임 하나하나를 쫓기에 여념이 없는 가운데, 유리까지 목이 베어 쓰러졌다.

사실 보리스는 알렉산드로 대령을 존경했다.

최연소로 스페츠나츠가 된 인물, 최연소로 모든 작전을 완수한 기록, 최연소로 대령에 오른 인물로, 스페츠나츠에 들어온 부대원이라면 누구나 알렉산드로 체르늬하의 이름을 알았다.

하지만 한편으로 가장 이겨보고 싶은 상대가 바로 알렉산드로 체르늬하이기도 했다.

스페츠나츠에서 존경과 질시를 동시에 받는 인물인 것이다.

챙! 챙챙챙챙!!

그나마 여섯 명 중에서 단검을 가장 잘 다루던 블라디미르는 알렉산드로와 단검을 섞으면서 제법 버티는 듯했다.

하지만 한순간 블라드미르의 시야에서 사라진 알렉산드로는 어느새 아래에서부터 블라디미르의 품안으로 파고들고 있었다.

푸악!!

알렉산드로의 단검이 뻔쩍이면 여지없이 사방에 피가 솟구쳤다.

그때마다 스페츠나츠의 대원들은 죽어갔다.

털썩.

마지막으로 블라디미르까지 죽이고 나자 움직임을 멈춘 알렉산드로는 온몸이 땀에 절어 있었다. 얼굴도 새하얗게 변해 있지만 눈동자만큼은 보리스가 알던 알렉산드로 바로 그였다.

그렇게 블라디미르가 죽는 것까지 보고 나서야 보리스는 시야가 흐려지는 것을 느꼈다. 방금 전까지 선명하게 보이던 알렉산드로가 흐릿하게 보이더니, 세상의 모든 빛이 사라진 것처럼 갑자기 깜깜해졌다. 그대로 그는 마지막 의식을 놓아 버렸다.

"미안하다."

알렉산드로는 마지막으로 자신이 죽인 스페츠나츠의 대원을 향해 한마디 하고는 고개를 돌렸다. 그는 현중이 있는 곳으로 천천히 걸어왔다.

"너희들 목숨만큼 꼭 살아남겠다. 지금은 비록 나라를 버리지만… 언젠가는 꼭……."

지금은 러시아에서 살 수 없는 몸이기에 어쩔 수 없이 버리지만 언젠가는 꼭 돌아가야 하는 고향이다. 자신의 손으로 죽인 대원들 때문이라도 알렉산드로는 이제 더 이상 쉽게 죽을 수가 없었다.

"강하군."

현중이 알렉산드로를 보고 한 말은 그게 전부였다. 알렉산드로는 아무 말 없이 현중의 곁에 섰다.

마치 선수 교대를 하듯 앞으로 나선 현중이 슬쩍 입을 열었다.

이번에는 알렉산드로가 아닌, 병원 전체에 대고 말하는 듯한 말투였다.

"이제 내 차례지? 안 그런가, 사이언 톨로지의 똘마니들?"

입꼬리를 히죽 올리면서 웃는 얼굴로 앞으로 나선 현중이 정확하게 스페츠나츠 대원들의 시체 바로 앞에 멈춰 섰다.

드르륵.

문이 열리면서 드디어 베일이 싸여 있던, 마나석을 이용해서 인공적으로 마스터를 만드는 녀석들이 모습을 드러냈다.

노란 천에 노란 머리카락, 노란 귀고리에 약간은 마른 듯한
체형을 가진 네 명의 남자가 문 뒤에서 걸어 나왔다.
그들은 기계처럼 한 줄로 서서 현중을 바라봤다.
오른쪽에 있는 남자가 입을 열었다.
"그대가 바로 우리의 대업을 방해하는 자로군요."

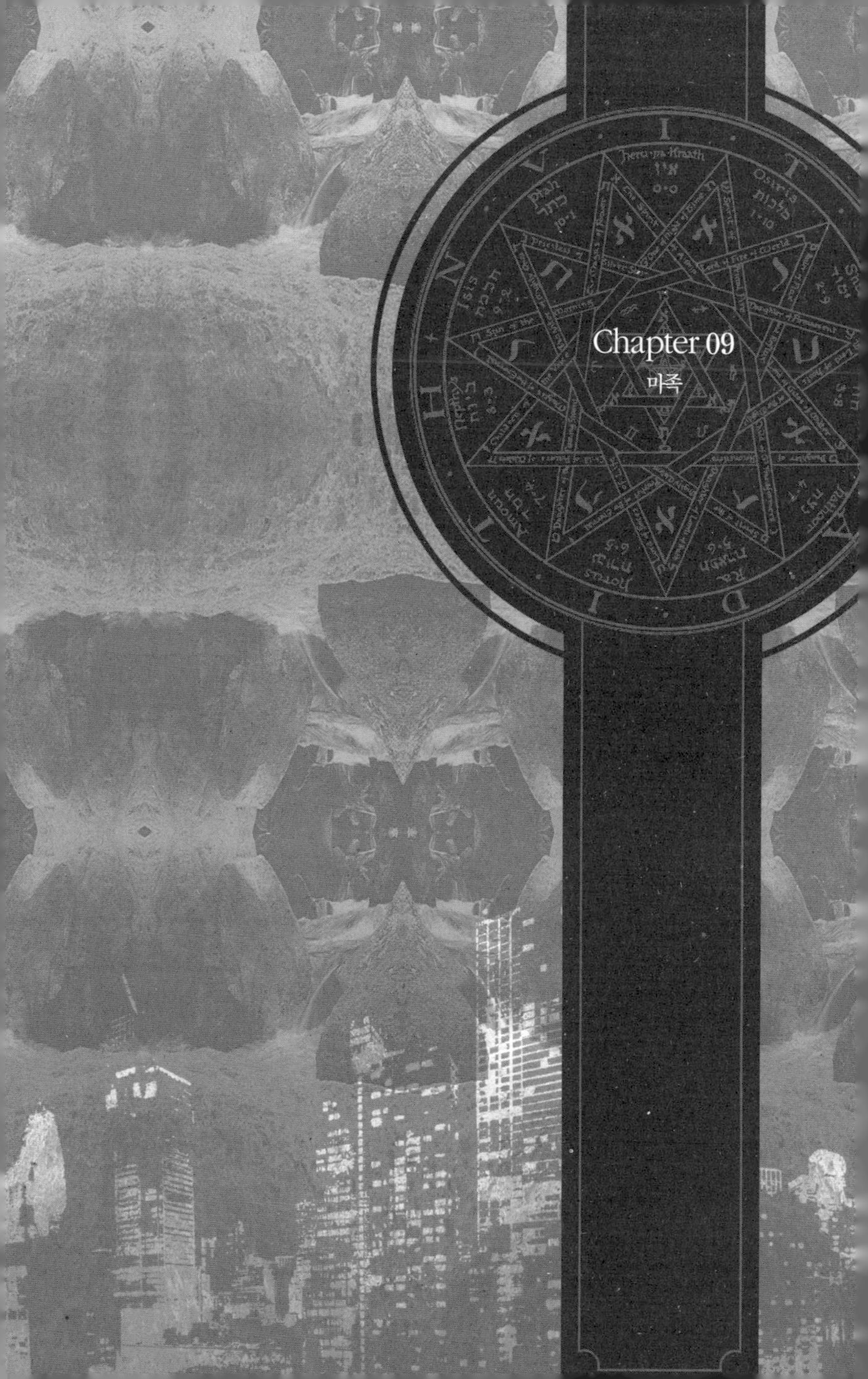
Chapter 09
미족

"대업?"

현중은 녀석의 말에 어깨를 으쓱거리면서,

"무슨 소릴 하는지 모르겠네? 먼저 나를 건드린 것은 너희들이지 않아?"

씨익~

현중의 말에 오른쪽의 녀석이 환하게 잇몸을 드러내면서 웃었다. 나머지 세 녀석도 따라서 입술을 주욱 찢어 미소했다.

현중은 앞의 네 녀석을 보고서 뭔가 이상하다는 생각을 하고 있었다.

‘느껴지지 않아, 마나가.’

살아 있는 생명체라면 당연히 가지고 있어야 하는 마나가 전혀 느껴지지 않는 것이다. 아니, 지금 눈앞에 있는 네 명은 평범한 사람이 가지고 있어야 하는 마나조차도 느껴지지 않았다.

‘내가 모르는 기술이 있는 건가?’

현중은 마족과의 싸움 때문에 그 어떤 것보다 마나를 느끼는 것에 특화되어 있는 편이다. 그런데 그런 현중에게도 느껴지지 않을 정도로 마나가 없다면, 정말 극소량의 마나를 가지고 있거나 아예 마나가 없다는 말밖에 되지 않았다.

“이런, 너무 빨리 죽어버렸군.”

오른쪽 끝에 있던 녀석은 스페츠나츠 대원들의 시체를 보고도 딱히 표정의 변화를 보이지 않았다. 한번 스윽 건성으로 훑어보더니 가장 가까이 있는 보리스의 시체로 다가갔다.

푹.

죽어버린 보리스의 뱃속에 손을 서슴없이 집어넣더니 무언가 꺼냈다. 그건 마스터를 만들기 위해 그들의 몸속에 들어가 있던 마나석이었다. 인공 마나석의 특징상 보리스의 뱃속에서 나온 마나석은 이제 평범한 돌이었다.

"……!"

"설마……."

그러나 충격적인 장면은 바로 그다음이었다.

보리스의 뱃속에서 꺼낸 마나석을 그대로 입으로 가져가더니 먹어버렸다.

그걸 뒤에서 지켜본 알렉산드로는 황당함과 함께 할 말을 잃어버렸다. 하지만 현중도 충격을 받기는 마찬가지였다.

그것이 끝이 아니었다. 다른 세 녀석도 각자 죽어버린 블라디미르, 예고르, 유리, 야로슬라브, 벨로의 뱃속에서 마나석을 모두 꺼내더니 삼켰다.

"네놈들 설마!! 영국에 같이 갔던 네 명의 포스 스톤도 그렇게 먹은 거냐!!"

알렉산드로의 외침에 현중은 마리아의 공격으로 완전히 전투 불능이 된 네 명의 스페츠나츠를 떠올렸다.

"대업을 위해서는 작은 희생이 따르는 법이지. 너도 곧 먹어주마. 아주 잘 익은 것 같으니 말이야."

오른쪽에 있던 녀석은 알렉산드로를 보면서 입맛을 다시고 있었다.

"미친놈들!!"

이가 부서지게 갈면서 온몸을 부르르 떨고 있는 알렉산

드로는 그제야 어떻게 된 건지 모두 알 수 있었다. 어째서 병원이 모두 비어 있는지, 그리고 본국으로 후송되었다고 알려진 네 명의 대원 소식을 전혀 알 수 없는 이유를 말이다.

알렉산드로는 현중이 마나를 완전히 봉쇄해 버린 뒤 마나석이 불량이거나 뭔가 잘못되었다고 판단되어 버려졌다. 하지만 그게 오히려 알렉산드로의 목숨을 구한 결과를 낳았다. 만약에 알렉산드로가 마나를 계속 사용할 수 있었다면 언젠가는 저들에게 먹혔을 것이다.

"네놈들, 우리를 이용해서……."

한마디로 그들은 러시아 병사에게 주입한 마나석을 활성화된 후 도로 꺼내 되돌려 받고 있는 것이다.

물론 뱃속의 마나석을 빼앗기면 죽는다. 마나석이 인간의 몸에 동화되는 순간 인간이 가지고 있는 모든 마나가 동화되기 때문이다.

즉, 현중의 눈앞에 있는, 온통 노란색으로 치장한 녀석들은 인간의 생명을 먹고 있는 것이나 다름없다.

인간의 생명을 먹는 걸 좋아하는 족속을 현중은 잘 알고 있었다.

"…마족……."

그 어떤 종족보다 인간의 고통과 죽음을 좋아하고 아픔을 사랑하는 녀석들, 그들이 바로 마족이었다.

"오~ 우리를 알아보는 자가 있군."

현중이 자신들을 알아보자 노란 녀석들은 오히려 즐거워했다.

그 모습을 본 현중의 입가에 미소가 천천히 그려졌다. 그와 함께 현중의 몸에 마나가 활성화되며 덩달아 주위의 마나가 요동쳤다.

쿠웅~!!!

소리없는 파장이 현중의 몸을 중심으로 퍼져 나갔다.

"……??"

노란 마족 녀석들은 갑자기 바뀐 현중의 분위기에 호기심이 생긴 듯 고개를 갸웃거렸다. 그들은 애초에 인간은 자신들의 상대가 되지 않는다는 생각으로 가득 차 있었다. 아무리 강해도 인간이 마족을 죽일 수는 없다.. 마족은 정신체이기 때문이다.

너무나도 강한 정신력으로 육체를 이룬 마족은 그 특성상 정신체를 소멸시킬 만큼 엄청난 힘으로 공격해야 한다. 하지만 아무리 인간이 강해도 마족을 소멸시킬 만큼의 강력한 공격을 할 수는 없다.

인간이 만든 미사일? 핵폭탄? 그딴 것은 마족에게 오히려 맨주먹으로 후려친 것보다 못한 공격이다. 물리적으로는 아무리 강할지 모르지만 마족은 정신체이기에 물리적인 공격에 엄청난 내성을 가지고 있기 때문이다.

대륙에서도 마족에게 모든 종족이 밀린 이유가 바로 그 때문이다. 물리적인 공격이 먹히지 않는 종족, 그게 마족이었다. 특히나 마법이 없고 마나가 자유롭지 않은 지구에서 마족은 그 어떤 존재보다 무서운 존재였다.

물론 현중이 없었다면 말이다.

"참 오랜만이야, 마족들아."

"……?"

마치 친한 친구 부르듯 자신들을 향해 속삭이는 현중의 행동에 뭔가 이상하다고 느끼기 시작한 것은 가장 오른쪽에 있는 녀석이었다.

"조심해라. 이 녀석, 이상하다."

오른쪽 녀석이 한마디 하자 다들 여유로운 모습을 지우고 긴장했다. 하지만 아직 현중이 어떻게 움직일지 몰라 지켜보고만 있는데,

그때!

휙.

현중이 사라져 버렸다.

"헛!"

빠각!!

콰직!!

순식간에 가장 왼쪽에 있던 녀석의 앞에 나타난 현중은 그대로 주먹으로 노란머리를 힘껏 내리찍었었다. 얼마나 세게 내려쳤는지 머리가 대리석 바닥에 박혀 들어갈 정도였다.

"……!!"

"……!!"

순간의 정적이 흐르고 현중은 대리석에 머리가 박혀 들어간 녀석의 머리를 발로 지그시 밟고 섰다. 그가 콧노래를 부르기 시작했다.

"마족을~ 족치자~ 마족을! 때려잡자~ 마족을 족치자~ 마족을 때려잡자~ 마족~ 마족~ 홍홍홍~"

피크닉을 떠나는 어린애 같은 밝고 경쾌한 음으로 이루어진 콧노래였지만,

콰직!

퍼걱!

현중이 발에 힘을 주어 마족을 밟아서 터뜨리자 더 이상 콧노래는 즐겁게 들리지 않았다.

그리고 가장 왼쪽에 있어 현중의 손쉬운 타깃이 되었던 노란 녀석 4호는 허무하게 소멸되어 버렸다.

"인간 주제에!!"

그 모습을 본 노란 머리 3호가 현중을 향해 뛰어들었다. 그의 양손 손가락마다 칼날이 튀어나와 그대로 현중의 향해 내리그었지만,

부웅!

허공만 휘저을 뿐이었다. 그리고 또다시 들리는 현중의 콧노래.

"마족을 족치자~ 마족을 때려잡자~"

콰직!!

퍼격!!

한 번의 주먹질에 벽으로 날아간 3호는 4호와 마찬가지로 머리가 벽에 박혀 들어가 버렸다. 그리고 다시 한 번 그 머리를 향해 현중의 주먹이 날아가더니,

포삭!!

수박이 터지는 듯한 소리가 들리면서 머리통이 날아가 버린 3호는 4호와 마찬가지로 소멸해 버렸다.

"말도 안 돼. 인간이……."

"어떻게 마족인 우리를……."

오른쪽 제일 끝에 있던 1호와 옆에 있던 2호는 도저히 믿을 수가 없는 광경에 머릿속이 공황상태로 빠졌다. 어떻게 해야 할지 몰라 하는 그들의 뒤에서 싸움을 지켜보는 알렉산드로는 마른침을 꼴깍 삼켰다.

"…인간이… 아니야."

강해도 어느 정도 강해야 감탄이라도 하지, 알렉산드로는 다시는 현중에게 덤비지 않겠다고 다짐했다. 이건 강한 정도가 아니다. 강하다는 말로는 설명이 되지 않는 그런 수준인 것이다.

알렉산드로는 현중이 마족이라 부르는 노란머리들과 실전 대련을 해본 경험이 있었다. 저렇게 아무렇지 않게 무방비인 듯해도 한 번도 옷자락 하나 건드리지 못했다.

그런 강함을 지닌 놈들을 주먹질 두 방에 바닥에 내리꽂고 벽에 박아버리는 현중의 무력을 보고는 단순히 강하다는 판단을 그만두기로 했다.

순간 알렉산드로는 어쩌면 자신이 세상에서 가장 강한 사람과 함께 러시아에 왔을지도 모른다고 생각했다. 물론 그 생각이 맞긴 했다. 그와 같이 러시아로 온 현중은 확실히 지구 최강의 생물이었다.

"인간이 뭐?"

현중은 1호의 말에 고개를 갸웃거리면서 한번 바라보고는 주먹을 슬쩍 털어냈다. 또다시 시작되는 현중의 콧노래.

"마족을 족치자~ 마족을 때려잡자~"

휘리릭.

"사라졌다. 피해!"

2호는 현중이 콧노래와 함께 사라지자 다급히 자신이 뒤로 뛰면서 소리쳤다. 하지만 안타깝게도 1호가 살짝 한발 늦어 버렸다.

덥석!

"쿨럭!!"

현중은 이번에는 주먹으로 내려치지 않고 1호의 목을 움켜잡고 꼼짝도 못하게 만들어 버렸다. 그런 모습에 2호는 회심의 미소를 지으면서 그대로 줄행랑치기 시작했다. 1호가 현중의 손에 있는 한 자신은 도망칠 시간을 벌 수 있다고 생각했기 때문이다.

명색이 마족이다. 도망치려고 마음만 먹으면 얼마든지 도망칠 수가 있다고 생각한 2호는 그대로 병원 건물을 벗어나기 위해 창문을 향해 몸을 내던졌다.

그때 현중의 입가에 미소가 슬쩍 번지더니,

"테른."

나직한 현중의 목소리가 울리는 것과 동시에,

푸욱!!

2호는 자신의 머리를 관통해서 엉덩이까지 튀어나온 송곳 같은 두 개의 커다란 가시를 볼 수 있었다.

피보다 붉은 눈동자를 가진 테른이 얼굴을 내밀어 2호를 보면서 말했다.

─하급에도 끼지 못하는 저급한 족속 주제에 마스터를 비웃었단 말이지. 크크크크큭.

2호는 테른의 붉은 눈동자를 보자 새파랗게 질렸다.

"당… 신은 마… 마족… 그것도… 귀족……."

테른은 미소와 함께 자신의 날개를 활짝 펼쳤다.

펄럭!

콰지지지직!

펼쳐진 테른의 날개와 함께 2호는 산산이 찢어지면서 소멸되어 버렸다.

테른은 날개를 다시 몸속으로 감추고 현중에게 다가왔다.

"극적인 등장이군."

─그게 더 폼 나지 않습니까, 마스터?

"크크큭, 그렇긴 하지. 그보다 이 녀석, 어떤 마족이지?"

현중은 신나게 때려잡기만 했지 솔직히 어떤 마족인지 종류는 잘 알지 못했다. 어차피 소멸시켜 버릴 녀석들이기에 대륙에서도 마족에 대한 공부는 전혀 하지 않았던 것이다. 현중의 주먹질에 소멸할 정도면 정말 약하디 약한 녀석인 건 확실했다.

─마계에서는 노예로 부리던 녀석들입니다. 먹는 것을 좋아하고 오로지 욕심만 가득 찬 녀석이라고 해서, 저희는 아귀라고 부릅니다.

"아귀? 크크큭. 뭐 맞는 말이네. 돌도 삼키는 것을 보니 말이야."

마나석도 본질적으로 보면 돌이었다.

"이 녀석에게서 모든 것을 알아내라. 마족이 상대라면 난 무조건 소멸시켜 버리니까 말이야."

현중이 아귀 1호를 테른에게 넘겨주자 테른도 현중과 똑같이 목을 틀어쥐고는 현중의 그림자 속으로 사라졌다.

"쩝; 간만에 마족이라서 좋아했더니 흥이 오르기도 전에 식는구만."

마족을 너무나 손쉽게 처리한 현중이 그제야 뒤돌아보니 알렉산드로와 정면으로 눈이 맞추쳤다.

화들짝!

도둑질하다가 들킨 사람처럼 알렉산드로가 헐레벌떡 다리를 움직이다가 넘어져 버렸다.

쿵!

조용한 병원에 알렉산드로가 넘어지는 소리는 제법 크게 들렸다. 다행히 이곳에는 그 누구도 없었다.

"뭘 그렇게 놀라지?"

현중이 별거 아니라는 듯 말하자 알렉산드로도 어색하게 웃으며 자리에서 일어섰다. 하지만 좀처럼 현중과 눈을 마주치지 못했다.

“이제 당신의 딸이라는 마리엘르를 찾아가야지?”

“응… 응… 그렇소… 만…….”

대륙에서도 마족과의 싸움을 본 후 인간들의 반응이 보통 이랬기 때문이다. 마족을 때려잡는 영웅이라는 말이 그냥 상징적인 의미로 나온 말이 아니다. 정말 주먹으로 때려잡아서 생겨난 말이다. 가끔 발을 사용해서 밟아 잡기도 했었다.

어색하게 말을 늘어뜨리는 모습에 현중은 피식 웃고 움직였다.

현중은 곧바로 알렉산드로를 데리고 마리엘르가 있는 병원으로 찾아갔다. 이미 수차례 왔었기에 알렉산드로는 곧바로 마리엘르가 있는 병실로 향했다. 낡은 병실 문을 열고 들어가자 이제 겨우 네 살 정도 되어 보이는 은발의 여자애가 팔뚝에 링거를 꽂은 채 책을 읽고 있는 모습이 보였다.

“아빠!”

환하게 웃으면서 양손을 번쩍 치켜들고 반기는 딸의 모습에 알렉산드로의 무표정한 얼굴이 사라지고 어디서나 볼 수 있는 평범한 아버지로 돌아왔다.

“마리엘르~”

스페츠나츠의 부대 특성상 정기적으로 자주 찾아올 수 없기에 부모가 없는 빈자리가 많이 컸을 것이다. 하지만 울거나 떼쓰지 않고 웃으면서 반겨주는 모습을 보니 어리지만 다른 애들과 확연히 다르게 보였다.

오랜만에 만난 부녀는 부둥켜안고, 키스하고, 누가 보면 이산가족이라도 만난 듯 애틋해 보였다. 하지만 현재 알렉산드로는 도망자 신세였고, 최대한 빨리 러시아를 벗어나야 했다.

"대령."

현중은 지금의 분위기를 깨뜨리는 악당이 되고 싶진 않았지만 머뭇거릴 시간이 없기에 슬쩍 알렉산드로를 일깨웠다.

"아, 그렇지."

"응? 아빠, 왜 그래?"

"마리엘르. 지금 당장 다른 나라에 갈 거야."

"외국? 아빠랑 같이 가는… 거야?"

아직 어린 마리엘르는 외국으로 나가는 것보다 알렉산드로와 같이 가느냐 아니냐가 더 중요해 보였다.

"응. 이제 계속 아빠가 마리엘르 곁에 있을 거야."

알렉산드로의 말에 마리엘르는 얼굴에 생기가 돌 만큼 환하게 웃기 시작했다.

"정말이지? 정말 아빠랑 같이 가는 거지?"

"응."

원래 마리엘르의 심장병을 고치기 위해 외국의 병원으로 이송하려고 했다. 하지만 워낙 돈이 많이 드는 일이고 알렉산드로는 특수부대의 군인이기에 마리엘르 혼자 보내야 했다. 마리엘르도 그에 대한 이야기를 들은 적이 있기에, 외국이라는 말에 드디어 수술을 받으러 가는구나 싶었다. 혼자 간다는 게 어린 마음에 걸려서 같이 가는지 묻지 않을 수 없었다.

이제 네 살 정도의 체구인 마리엘르는 세상 그 누구보다 부모의 손길이 필요한 나이였다. 부모라고는 아버지인 알렉산드로뿐이니 그 정이 오죽하겠는가.

"간호사가 오고 있다."

현중이 마침 마리엘르의 병실로 다가오는 간호사의 발걸음 소리를 듣고 한마디 했다.

"으짜! 아빠와 함께 살 수 있는 곳으로 가자."

자그마한 마리엘르를 번쩍 안아 올린 알렉산드로는 조심스럽게 링거 주사 바늘을 빼냈다. 현중에게 다가온 그가 진중하게 얘기했다.

"이제 나와 마리엘르를 러시아에서 빼내주시오."

"원하는 나라는 있나?"

이왕 옮겨주는 김에 원하는 나라가 있다면 그곳으로 보내주려고 했다.

“영국으로 보내주시오.”

“영국?”

영국은 바로 조금 전에 마리아를 습격했던 명백한 적국이다. 그런데 그곳으로 보내달라니, 알렉산드로의 선택이 도대체 어떤 생각에서 나왔는지 궁금했다.

하지만 현중은 약속대로 영국을 원하니 그곳으로 옮겨주기만 하면 된다고 여겼다.

“그럼 갈까?”

현중은 간호사가 병실 문을 열기 직전인 것을 알고는 알렉산드로의 손을 잡고 그대로 이동했다. 그와 동시에 병실 문이 열리면서,

“마리엘르, 약 먹을 시……?”

언제나 정해진 시간에 약을 먹어야 하는 마리엘르를 찾아온 간호사는 텅텅 비어 있는 병실에 잠시 고개를 갸웃했다. 그러다 링거 바늘까지 뽑혀져 있는 것을 발견하고는 황급히 병실을 뛰쳐나갔다.

러시아의 병원에서 이동한 현중은 어쩌다 보니 마리아가 있는 연구실 지하로 와버렸다.

“이런.”

의도한 것도 아니다. 혹시나 알렉산드로가 영국에 아는 곳

이 있을지도 모른다는 생각에 그가 원하는 곳으로 가려고 매개체로 이동했는데, 뜻밖에도 마리아 바로 앞에 나타난 것이다.

"……."

마리아는 마침 서류를 들고 일어서려던 자세 그대로 멈춰버렸고, 그녀의 시선은 현중보다 현중 옆에 있는 알렉산드로에게 집중되어 있었다.

그때 알렉산드로가 앞으로 나서면서 마리아를 향해 말했다.

"내 딸을 고쳐 주시오. 대신 내가 영국을 위해 일하겠소."

"……."

"……."

마리아는 갑작스런 알렉산드로의 말에 약간 공황상태에 빠졌다. 현중도 그의 돌발 행동에 설마 이러려고 나에게 부탁했나 하는 생각을 잠시 했다.

마리아는 곧 현중을 향해 다가오더니 짐짓 날카로운 표정을 지어 보였다.,

"현중 씨, 설명이 필요할 것 같네요. 가능하면 자세한 내용으로 말이죠."

"…그러죠."

졸지에 현중이 알렉산드로를 마리아에게 데려온 꼴이 되어버렸다.

우선 알렉산드로와 마리엘르는 옆방으로 옮기고, 현중과 마리아가 따뜻한 커피를 앞에 두고 탁자에 마주앉았다.

"제가 알아야 할 정보가 많이 있을 것 같네요."

마리아가 먼저 입을 떼자 현중도 기왕 이렇게 된 거 이야기해 줘도 괜찮겠다 싶은 생각에 고개를 끄덕였다.

"먼저… 저를 습격했던 스페츠나츠 대원인 알렉산드로 체르늬하 대령과 사라지더니 그의 딸까지 데리고 이곳 탬플재단의 제 사무실까지 나타난 이유는 뭐죠? 망명인가요, 아니면 국외 탈출?"

이미 마리아는 알렉산드로 체르늬하가 러시아 정부로부터 쫓기고 있다는 정보를 받은 상태였다. 자신을 습격했던 녀석인데 당연히 조사가 이뤄지지 않을 리가 없다.

배신자를 처단하고 MI—6를 완전히 장악한 마리아의 입김은 현재 가장 강력했기에 정보가 어딘가를 거쳐서 오는 법이 없었다. 물론 논스톱으로 마리아에게 직접 정보가 오는 것은 바람직한 일이다. 하지만 현재 각 부서의 책임자가 없다 보니 모든 서류가 마리아에게 몰리는 과잉 현상이 벌어져서 오히려 일만 많아졌기도 했다.

"둘 다일 걸요?"

“…현중 씨, 쉽게 대답할 문제가 아니에요. 알렉산드로 체르늬하 대령은 현재 러시아 정부로부터 반역자라는 죄목으로 쫓기고 있는 몸이에요.”

“반역? 후후훗.”

현중은 알렉산드로의 죄목에 웃다가 마리아를 바라보았다.

“마리아 씨는 진실에 다가서면 나중에 되돌아가고 싶어도 그럴 수 없어도 발을 들이시겠습니까?”

“네? 그게 무슨……?”

“때론 진실을 아는 게 모르는 것보다 못할 때가 있죠. 안 그런가요?”

현중의 상황에 맞지 않는 말에 잠시 어리둥절했지만, 마리아도 잘 알고 있었다. 때론 진실이 거짓보다 더 잔혹하고 외면하고 싶을 때가 많다는 것을 말이다.

“전 MI—6를 움직이는 보스예요. 탬플재단을 이끄는 총수이자 영국 왕실을 수호하는 가문이구요. 이미 현중 씨가 말하는 진실 정도는 어릴 때부터 보면서 자라왔어요.”

“그렇군요.”

확실히 현중 주위에 있는 사람 중 간이 크기로는 베이스퍼 다음으로 마리아가 가장 클 것이다.

현중은 천천히 마나석과 사이언톨로지, 그리고 러시아 군을 지배하고 있는 어둠의 세력까지 이야기했다.

다만 마리아가 알아서 좋을 것 없는 마족에 관해서는 우선 뺐다. 알렉산드로에게도 미리 이야기를 해놓았기에 쉽게 새어 나갈 일은 없었다.

그녀는 처음에는 믿을 수 없다는 눈치였다. MI—6에서도 전혀 감지하지 못했던 일이기 때문이다. 러시아를 그렇게 집중적으로 감시하진 않지만, 한 나라의 군이 완전히 장악되었다는데 그걸 몰랐을 영국이 아니기 때문이다.

하지만 현중이 이런 걸로 농담을 하거나 장난칠 사람도 아니고, 거기다 러시아에서 쫓기는 몸인 알렉산드로 체르늬하를 데리고 왔으니 믿지 않을 수도 없었다.

"현중 씨의 말이 사실이면… 심각한 일이에요."

"심각하죠."

현중도 그건 잘 알고 있었다. 한 나라의 군대가 특정 단체에 완전히 장악당했다는 것은 한마디로 언제 터질지 모르는 화약고 하나가 지구에 자리 잡은 것이나 다름없었다. 특히나 종교 단체라면 그것만큼 위험한 게 없다.

국가 간의 전쟁은 여러 가지 복잡한 사항이 작용하게 마련이다. 그렇기에 전쟁은 쉽게 일어나지 않는다. 그리고 전쟁이 일어나도 최대한 빨리 끝내려고 한다.

하지만 종교 단체가 개입된 전쟁이라면 그 이야기는 완전

히 달라져 버린다. 가장 가까운 예로 중동 쪽의 전쟁은 80%
가 종교전쟁이다. 그리고 종교전쟁은 쉽게 끝나지 않는다. 자
신이 믿는 신을 등에 업고 싸우는 전쟁이기에 한쪽이 완전히
사라져야 끝나는 게 바로 종교전쟁이다.

십자군원정이 그 예로 들 수 있다. 100년 전쟁이라고도 불
리는 이 전쟁은 종교전쟁이 얼마나 무서운지 여실히 보여주
는 증거였다.

"그럼 혹시 알렉산드로 체르닉하 대령도?"

갑자기 러시아에서 나타난 마스터. 하지만 마스터라고 하
기에는 많이 부족한 능력과 함께 그 수가 다섯 명이나 되는
것을 생각할 때, 그동안 많은 의문점이 남아 있었다. 하지만
이번 현중의 말로 완벽하게 들어맞았다.

"마스터를 만들어낸다……. 그럼 현중 씨가 말하는 포스
스톤이란 것만 있으면 마스터를 만드는 게 가능하단 말이군
요."

들어본 적도 없고 생각조차 해본 적이 없는 정보에 지금
도 맹렬하게 머릿속으로 여러 가지 생각을 하고 있는 마리
아.

"포스 스톤을 이용해 보고 싶나요?"

송곳처럼 가슴을 찌르는 현중의 말에 마리아는 살짝 놀랐
다가 곧 웃어버렸다.

"물론 국가의 입장에서 보면 욕심이 나긴 해요. 하지만 정체 모를 녀석들이 주는 것을 덥석 받아먹을 만큼 전 어리석지 않아요. 다만……."

마리아 자신은 마나 스톤에 흔들리지 않을 것이다. 하지만 마스터를 보유하지 않은 다른 국가는? 아니, 당장 영국 왕실에서 이 사실을 알기만 해도 정말 복잡해질 수밖에 없다.

마치 불속을 향해 뛰어드는 불나방같이 앞뒤 가리지 않고 달려들 것이 분명하다.

아무리 첨단화되고 세계가 과학으로 넘쳐 나는 시대라고는 하지만, 인간 자체의 강함을 추구하는 것은 언제나 남아 있게 마련이다.

이건 본능이다. 인간이 얼마나 강해질 수 있는가? 인간이 얼마나 빠를 수 있는가? 인간이 세상의 그 어떤 생물보다 우위에 설 수 있는가 하는 것 말이다. 이건 유전자 속에 기억된 모든 인간의 본능일 것이다.

그리고 그런 본능을 완벽하게 충족시켜 주는 존재가 바로 마스터였다. 빠르고, 강하고, 그 어떤 힘든 임무도 쉽게 해결하고, 전술적 가치는 핵폭탄도 상대되지 못할 만큼 엄청난 존재, 그게 바로 마스터였다.

그런데 그런 존재를 만들어낼 수 있다고 한다. 포스 스톤만 있다면 원하는 만큼 마스터를 만들 수 있다. 이건 그 어떤 자에게도 매력적인 유혹일 것이다.

"여왕 폐하를 걱정하는군요."

현중이 말하자 마리아는 고개를 끄덕였다. 현재 여왕은 뭔가 조바심을 내고 있었다. 아무리 냉철하고 사리 분별이 분명한 여왕이지만 그녀도 사람이다. 나이를 먹고 늙어가고 왕실이 흔들리는 것처럼 보이면 당연히 조바심이 날 수밖에 없다.

여왕이 언제까지 왕실을 지킬 수는 없는 법이다. 늙어갈수록 죽을 날이 가까워오는 여왕은 자신의 후대에게 뭔가 든든한 왕실을 지키는 방패를 남겨주고 싶어하는 게 당연했다. 지금까지는 그게 바로슈 가문과 템플재단이었지만, 그것도 마리아의 아버지 때부터 흔들리기 시작했다.

사람이란 원래 한 가지를 걱정하기 시작하면 그 걱정거리가 다른 걱정거리를 만들고, 이렇게 연쇄반응으로 커지게 마련이다. 결국에는 스스로 걱정거리에 파묻히게 되더라도 말이다.

"현명하신 분이에요. 냉정하시기도 하구요. 요즘 들어 그게 조금 흔들리는 것 같기도 하지만요."

마리아도 여왕이 왜 그러는지 너무나 잘 알고 있지만 결코 따를 수 없는 것이 현재 자신이었다. 그냥 조용히 왕실의 며느리로 살기에는 가진 힘이 너무나 크기 때문이다.

"우선은 기다려 봐야겠죠. 그보다 아틀란티스를 찾는 건 언제쯤 출발하죠?"

현중은 이제 슬슬 내부 정리가 끝날 듯하니 아틀란티스를 찾으러 가야 할 때가 되었다고 여겼다.

"MI—6 내부에 모든 문제가 해결되는 즉시 떠날 생각이에요. 다른 나라의 압박이 점점 강도가 강해져서 얼른 우리가 출발해야 영국의 압력이 줄어들 듯해요."

"얼마 남지 않았군요."

"네."

이때부터 현중과 마리아는 아틀란티스를 찾아서 떠나게 된다면 어떻게 해야 할지 커다란 줄기를 짜기 시작했다. 얼마나 많은 인원과 준비가 필요한지부터 시작해서 여러 가지를 의논하던 도중 갑자기 현중이 벌떡 일어섰다.

"이런!"

뭔가 잘못되었다는 듯 급하게 사무실을 나가더니 그가 옆방으로 뛰어들어 갔다. 마리아도 현중의 반응에 놀라서 뒤따라 들어가 보니 알렉산드로가 당황한 채 마리엘르를 안고 어쩔 줄 몰라 하고 있었다.

"이게 어떻게 된 거요? 내 딸이… 내 딸이… 갑자기… 기절하더니… 깨어나질 않소!"

당황한 알렉산드로는 현중을 보자 울먹이듯 말했다. 현중
은 마리엘르가 아프다는 것을 깜빡하고 있었다. 오랫동안 병
원에 입원했을 정도면 정기적으로 치료를 받고 있었다는 것
인데 그걸 미처 생각지 못한 것이다.

"왜 그래요?"

뒤따라온 마리아의 눈에 가장 먼저 들어온 것은 알렉산드
로의 품에 축 늘어져 있는 마리엘르의 작은 팔이었다.

후다닥!!

황급히 뛰어간 마리아는 마리엘르의 얼굴을 살펴보고는
소리쳤다.

"무슨 병이 있죠?"

"선천적으로 심장이 좋지 않소."

"심장? 설마… 쇼크인가? 서둘러요."

마침 연구소에는 웬만한 병원을 능가하는 의료 시설이 갖
춰져 있었다. 빠르게 마리엘르를 옮겨 검사를 했고, 천만다행
으로 아슬아슬한 시간에 응급조치를 취할 수 있었다. 하지만
어디까지나 응급조치일 뿐이었다.

"내 딸은… 내 딸은 어떻소?"

알렉산드로는 아직도 떨리는 손을 힘껏 움켜잡으면서 쉽
게 진정하지 못하고 있었다. 아내도 자신의 품에서 죽었다.
그런데 하나 남은 딸까지 자신의 품에서 갑자기 죽어가는 것

을 본다면 충격이 오죽하겠는가.

"우선 진정이 됐어요. 하지만 최대한 빨리 심장을 이식받는 게 좋을 거예요."

"……."

알렉산드로도 이미 알고 있다. 심장 이식 외에는 치료 방법이 없다는 것을 말이다. 하지만 심장 이식은 받고 싶다고 해서 그냥 받을 수 있는 게 아니다.

여러 가지 적성 검사를 해서 조건이 맞아떨어져야 할 수 있는 것이다.

거기다 위험부담도 컸다. 아직 어린 마리엘르가 심장 이식 수술을 견딜 수 있을지도 의문이다. 그렇기에 우선 약으로 버텨왔지만 오히려 약이 마리엘르의 몸을 갉아먹고 있었다.

나이는 일곱 살인데 겉으로 보기에는 겨우 네 살 정도인 체구를 보면 알다시피 성장이 멈춰 버린 것이다.

어린애가 성장하는 데 써야 하는 에너지와 마나를 모두 약과 치료하는 데 써버리니 어쩌면 당연한 결과였다.

"뭐든지 하겠소. 딸만은… 내 딸만은… 살려주시오."

"우선 노력은 해볼게요. 그리고 알렉산드로 체르닉하 대령의 몸에 들어가 있는 포스 스톤을 검사하고 싶은데 도와주실 수 있나요?"

"얼마든지!"

그렇게 알렉산드로 체르니하와 그의 딸 마리엘르는 영국의 탬플재단에 우선 둥지를 틀었다.

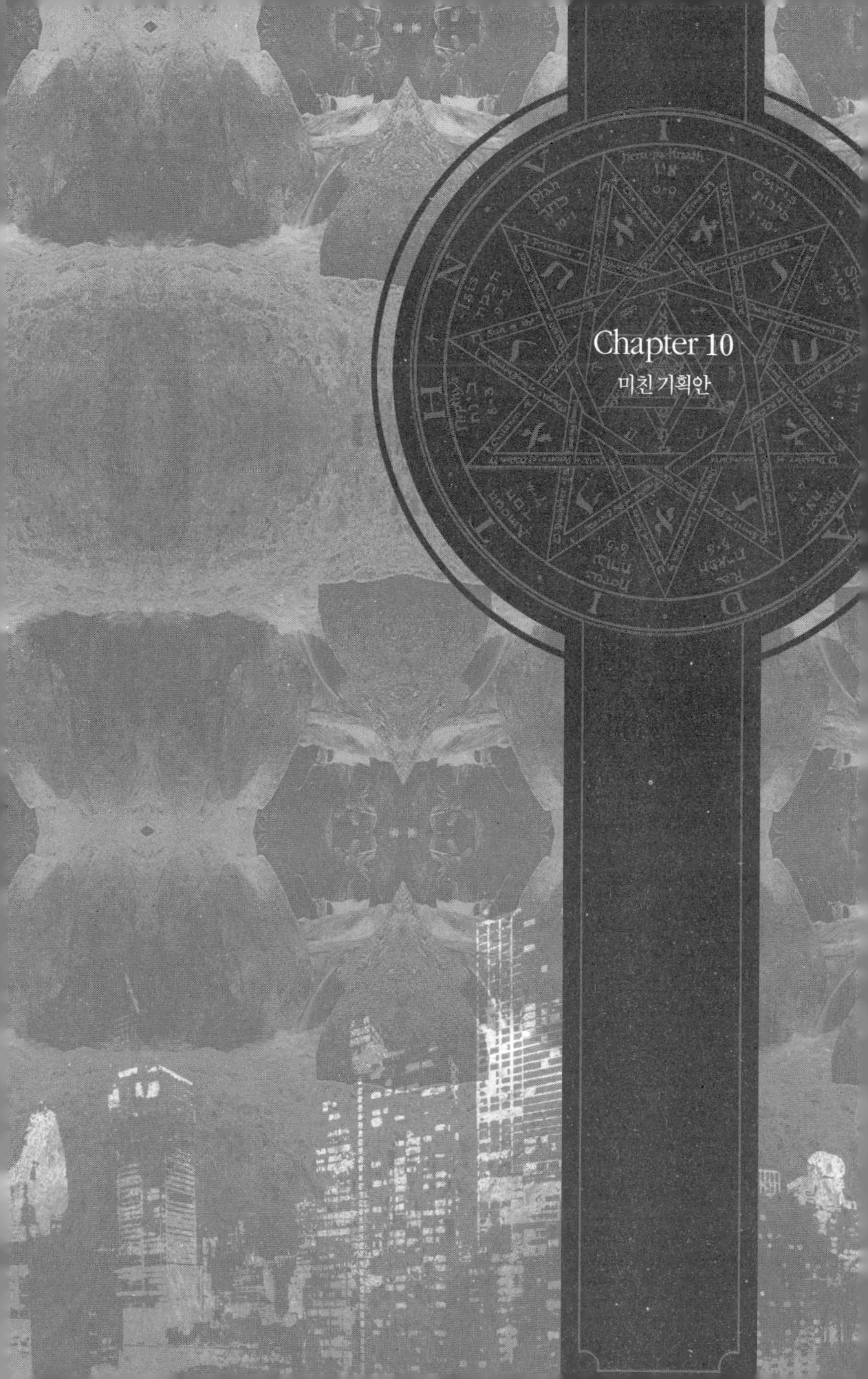
Chapter 10
미친 기획안

현중은 대충 일이 마무리되자 다시 한국으로 돌아왔다. 현재 대동그룹이 정상으로 돌아가기까지 많은 어려움이 남아 있고 현중이 없으면 삐걱거리는 것도 제법 많았기 때문이다.

"따분해."

현중은 서류를 보면서 벌써 10분 동안 같은 말만 반복하고 있었다.

"이래서 내가 권력이든 뭐든 하는 게 싫었던 거야. 이건 서류와 씨름하다가 하루를 다 보내는 게 일이라니……."

　구시렁거리면서도 현중의 손과 눈은 빠르게 서류를 검토하고 분리해서 처리하는 중이었다.

　처음 잠시 자리를 비운 사이에 책상 위에 쌓여 있던 서류는 불과 한 시간 만에 모두 처리가 되었다.

　그런데 따분하긴 했지만 그나마 서류 처리라는 일이라도 있었지, 업무가 모두 끝나자 정말 할 일이 없어져 버렸다. 현중은 기업 경영에 대해 별로 아는 것도 없었다. 속된 말로 그냥 저지르고 본다는 마음으로 바로 대동그룹을 손에 쥔 것인데, 뭐랄까, 머릿속에 그려진 것은 있는데 그걸 막상 실행하려니 손에 잡히는 것이 없다고 해야 할까? 설명하자면 현재 현중의 기분이 딱 그런 기분이었다.

　"쩝. 회장이 그리 어렵나?"

　얼마든지 열린 마인드로 건의 사항이나 대화를 원하면 받아준다고 했는데 지금까지 단 한 명도 현중을 만나서 토론하고 싶다는 메일이나 연락을 해온 사원이 없었다.

　늙은이들을 모두 쳐냈으니 회사에는 이제 젊은 녀석들만 남아 있었다. 그렇기에 패기와 도전 정신을 가진 녀석이 최소한 몇 명은 있을 거라고 생각했던 현중은 한숨만 나왔다.

　"시리."

　―네, 주인님.

　"누구 연락 온 사람 없어?"

─아직 없습니다.

"쳇, 패기도 없는 놈들."

현중은 괜히 심통 부리듯 한마디 하고는 또다시 혼자 회장실에서 시간을 때우고 있었다.

그 와중에 방금 나갔던 시리가 다시 들어왔다.

"응?"

─주인님이 기다리던 연락이 왔습니다.

"뭐?"

─올해 초에 갓 들어온 신입사원 다섯 명으로, 주인님과 단독으로 면담을 하고 싶다는 연락을 해왔습니다.

"올려 보내."

─네, 주인님.

드디어 현중이 기다리던 패기 있는 녀석들이 등장한다는 기대감에 현중은 흥미진진하게 그들을 기다렸다. 몇 분 뒤 회장실 문이 열리면서 아직 앳된 얼굴의 남자 사원 세 명과 여자 사원 두 명이 들어왔다.

쭈뼛쭈뼛.

막상 회장실에 들어오긴 했는데 뭘 어떻게 해야 할지 모르는지 잠시 서로 눈치만 보던 사원들은 약속한 듯 동시에 허리를 90도로 숙였다.

"처음 뵙겠습니다."

큰 소리로 인사를 하는 모습을 보던 현중은 씨익 웃으면서 자리에 일어났다. 그리고 타이밍도 절묘하게 자기소개를 하려고 입을 열려던 가장 오른쪽에 있던 녀석의 말을 잘라 버렸다.

"앉으세요."

"네? 아, 네."

절묘한 타이밍에 말이 잘려 자기소개를 못한 남자는 얼떨결에 대답하고는 소파에 앉았다. 회장실 중앙에 마련되어 있는 소파 한쪽에 남자 세 명이 앉고, 맞은편에는 여자 두 명이 앉아서는 서로 눈치를 보기 시작했다.

"시리, 차 좀 내와."

―네, 회장님.

현중과 테른 이외의 사람이 있을 때는 철저하게 회장님으로 부르는 시리는 이미 준비한 듯 대답과 함께 차를 준비해서 들어왔다.

"……!"

"……!"

"……!"

시리가 들어와 차를 나눠 주자 남자 사원들은 시리에게서 눈을 떼지 못했다. 여자 사원들은 괜히 심통 난 듯 시리와 눈을 마주치지 않으려고 애쓰는 모습이 현중의 눈에 보였다.

이미 인간일 때도 시리는 한 미모 했다. 예쁘지 않으면 쳐다보지도 않는다는 최강석이 욕심 낼 정도이니 그 미모가 어디 가겠는가? 거기다 혈족으로 다시 태어나면서 가지게 된 여러 가지 능력 덕분에 현재 시리는 대동그룹의 꽃으로 불리고 있었다.

차가우면서 도도한 이미지와 함께 웬만한 연예인이 와도 깨갱 하면서 기죽어 버릴 만큼의 미모는 현중보다 더 유명한 상태였다.

"설마 내 비서인 시리의 얼굴을 보고 싶어서 면담 신청한 건 아니겠죠?"

노골적으로 시리에게 모든 시선이 돌아가자 현중이 슬쩍 장난삼아 한마디 했다.

"헛!"

"……!!"

현중이 말에 그제야 자신들이 얼마나 시리를 바라봤는지 깨닫고는 서둘러 먼 산을 보면서 각자 딴 짓을 하는데, 그 모습을 보고 있는 현중은 왠지 재미있었다.

마치 괜히 잘 노는 유치원 애들 한 번씩 건드려 보는 어른의 기분이랄까? 물론 당하는 유치원생들은 괴롭고 짜증날지 모르지만 건드리는 어른은 재미있다.

"나를 보자고 한 이유를 들어볼까요?"

현중이 관심있는 척 몸을 당겨 경청하겠다는 모습을 보였다. 다들 그런 현중을 한번 보고는 여러 가지 복잡한 생각을 하는 듯했다. 눈동자가 흔들리는 게 뻔히 보이는데 그걸 어찌 모르겠는가? 흔히들 말하는 눈알 굴리는 소리가 들릴 정도였다.

기세 좋게 회장과 단독 면담을 신청한 사원들이었지만 막상 현중의 옷차림부터 그들을 혼란스럽게 만들었다.

'청바지에 그냥 면티?'

'대충 쓸어 넘긴 머리에… 뭔가 격식이 있어 보이지도 않고.'

자신들이 알고 있던 회장님이라는 이미지는 현중에게 단 1%도 찾아볼 수 없었기 때문이다. 이미 현중이 어떤 사람인지는 언론 보도나 풍문으로 충분히 들었지만, 그래도 직접 보는 것의 충격은 생각보다 더했다.

거기다 장난스럽게 눈빛을 반짝이면서 먼저 다가오는 현중의 행동도 너무나 낯설었다.

"왜 다들 꿀 먹은 벙어리예요?"

"제가 말씀드리겠습니다."

결국 그중에 리더십이 가장 강해서 회장님과 단독 면담을 하자고 모두를 끌어들인 오희연이 나섰다.

"전 경리부에 있는 오희연입니다."

"알아요."

"…네?"

갑자기 현중이 처음 소개한 오희연을 안다고 하자 다들 놀랐다.

"왜 그러죠? 올해 1월에 입사했고, 4개월 수습을 거쳐 영업부에 있다가 내가 회장으로 오면서 경리부로 옮기지 않았나요?"

"…맞습니다."

설마 오희연은 자신의 이력까지 현중이 알고 있을 줄은 몰랐는지 많이 놀라워했다. 그리고 오희연뿐만이 아니라 같이 온 다른 직원들도 놀라고 있었다.

그런데 현중은 그렇게 놀란 그들에게 아주 쐐기를 박아버리는 말을 했다.

"오희연 씨 옆에는 입사 동기이자 같은 경리부에 있는 최연옥 씨 맞죠?"

"…네, 맞습니다."

최연옥은 회장이 자신을 알고 있다는 것에 설마 설마 하다가 놀랐다. 현중은 고개를 돌려 가장 가까이 있고 처음 자기소개를 하려다가 못했던 남자 사원까지 눈을 돌렸다.

"류현욱 씨. 영업부 소속이고 MBA를 졸업한 재원이더군요."

“…네.”

“그리고 류현욱 씨 옆에는 차준현 씨와 이동욱 씨로 알고 있는데요? 셋 모두 같은 영업부에 있고 말이죠.”

“…….”

현중의 적나라한 말에 다섯 명 모두 완전히 할 말을 잃어버렸다. 개인 면담을 신청하고 5분도 되지 않아 회장실에 올라왔으니 비서인 시리에게 신상명세서를 받았다고 해도 이렇게 자세하게 외운다는 것은 쉽지 않은 일이다. 거기다 외운 걸로 보이지도 않았다. 한 그룹의 회장이 임원도 아니고 겨우 올해 새로 들어온 신입사원을 자세하게 알고 있다는 것이 이들에게는 더 이상했다.

회장님이라면 당연히 무겁고, 어렵고, 무서워야 하는 게 정상이라고 생각했던 이들에게 현중은 마치 동아리 선배를 만나는 느낌이랄까, 그렇게 현중이 다가왔다.

“그럼 오희연 씨 개인 면담의 내용을 들어볼까요?”

“네.”

현중의 모습에 뭔가 좋은 느낌을 받았는지 오희연은 자신들이 준비한 서류를 현중에게 내밀었다. 현중은 그것을 훑듯 읽어보았다.

대략 5분 정도 서류를 본 현중은 그것을 내려놓고는,

“나쁘진 않군요.”

기획안을 읽어본 현중이 긍정적인 말을 하자 5인방의 표정이 확 살아났다.

하지만,

"그렇지만 무리가 많이 따르는 기획안이기도 하군요."

순식간에 천당에서 지옥으로 떨어진 사람처럼 급격히 표정이 어두워진 5인방이었다.

현중은 그런 그들의 모습을 보고는 이상하게 재미있다고 느끼고 있었다. 대륙에서 황제로 있을 때와 달리 굳이 위엄을 세우기 위해서 폼 잡을 필요도 없었으니, 서류와 씨름하는 것 빼면 회장이란 것도 재미있다고 느끼는 중이었다.

"물론 많은 자본이 필요하다는 것은 알고 있습니다."

"많은 정도가 아니죠. 최소 1조 원이군요, 제가 예상한 투자비가."

1조 원? 무슨 동네 개 이름도 아니고 투자에만 1조 원이 드는 기획안을 들고 당당하게 찾아온 이 신입사원 5인방이 도대체 어떤 배짱인지 현중은 슬쩍 그들의 생각을 알고 싶었다. 그래서 천심통을 이용해서 슬쩍 살펴보았다.

그들은 나름대로 원대한 꿈과 도전 정신으로 가득 차 있었다.

하지만 단순히 도전으로 받아들이기에는 투자 비용 1조 원의 기획안은 솔직히 현중도 덜컥 받아들이기에 힘든 부분이 많았다.

하지만 경영을 잘 모르는 현중이 봐도 이들의 기획안은 너무나 획기적이었다. 내년 월드컵과 맞물리면 연쇄적인 효과가 극대화될 것은 분명해 보이는, 성공 가능성이 많은 기획안이기도 했다. 다만 돈이 엄청 많이 든다는 게 문제이긴 했지만 말이다.

"오희연 씨."

"네, 회장님."

"나를 설득해 봐요, 그럼."

"네?"

갑자기 자신을 설득해 보라는 현중의 말에 오희연은 무슨 말인지 순간 알아듣지 못했다. 결정은 원래 회장이 하는 것이다. 그런데 설득해 보라니?

"나를 설득해 봐요. 그럼 이 기획안대로 한번 내가 밀어주죠."

"네에?!"

이곳이 회장실인 것도 잠시 잊었는지 오희연은 크게 놀라면서 큰 소리를 쳤다가 곧 손으로 입을 막았다. 귓불까지 새빨개졌다.

뭐랄까, 이상하게 지금 이들의 행동 하나하나가 재미있는 현중이었다. 처음이다. 지구로 돌아와서 뭔가 이렇게 재미

있다고 느껴본 것이 얼마만인지 기억도 나지 않을 만큼 말이
다.

"정말… 제가 설득하면 저희 기획안을… 밀어주신단 건가
요?"

끄덕.

현중은 고개를 끄덕이고는 기획안을 그들에게 슬쩍 내밀
면서,

"그러니까 어디 한번 나를 설득해 봐요. 설마 그 정도 패기
도 없이 나를 만나러 온 건 아니겠죠?"

오희연은 솔직히 회장의 장난인지 진심인지 구분을 할 수
가 없었다. 지금까지 알고 있던 회장의 이미지는 현중에게서
단 하나도 찾아볼 수 없으니, 어떻게 대처를 해야 하는지 머
릿속이 정리도 되지 않았다.

원래 순서대로라면 기획안에 대한 설명을 하라는 말이 있
고, 그 뒤에 지금껏 머리 짜내서 궁리한 기획안에 대한 장대
한 설명을 해야 하는데 그 모든 것이 말짱 도루묵이 되어버린
것이다.

이런 상황에선 아무리 오희연이라도 머릿속이 복잡할 수
밖에 없었다. 하지만 회장님과 단독 면담을 하자고 부추긴 것
도 오희연 자신이고 이 기획안의 대부분도 오희연이 세운 것
이기에 어떻게든 책임을 져야만 했다.

　이대로 그냥 흐지부지하게 되면 오히려 현중에게 찍히는 결과를 낳을 수도 있는 것이다.

　사실 현중은 그냥 편하게 면담하러 오라고 했지만 막상 가야 하는 사원들은 그게 아니었다. 뭔가 실수라도 한다면 일이 심각해지는 것이다. 일개 사원이 그룹 회장에게 찍힌다는 건 그 회사를 관두겠다는 말이나 다름없다. 그러다 보니 당연히 개인 면담을 사원들은 피하게 되고 아무도 하지 않았던 것이다.

　자기 발로 가서 회장에게 찍히고 싶은 사람은 없으니 말이다.

　꿀꺽.

　마른침을 한번 삼킨 오희연은 뭔가 결심을 한 듯 벌떡 일어서면서,

　“저희에게 맡겨주시면 무조건 올해 안에 기획안 계획대로 완성시키겠습니다.”

　“히익!!”

　“…야!!”

　“희연 씨!”

　“헉!”

　오희연의 말에 즉각 반응한 것은 현중이 아니라 같이 왔던 나머지 네 사람이었다. 기획안의 내용을 뻔히 알고 있는 나머

지 네 사람은 기겁했다. 올해 안에 무조건 완성시킨다니? 아무리 설득하라고 했다지만 너무나 무모한 말이었다.

그런데 현중은 씨익 웃으면서,

"그럼 하세요."

"······!!"

"······!!"

현중의 반응에 이번에는 5인방 모두가 멍한 표정으로 변했다. 설마 방금 그 무모하게 내지른 오희연의 말을 듣고 설득됐단 말인가? 아무리 거짓말 같은 현실이 많고 기적이 있다지만 5인방 스스로가 생각해도 이건 아니었다.

자그마치 투자비만 1조 원이 들어가는 기획안이다. 말이 1조 원이지 실패하면 그 손해는 엄청날 것이다. 그만큼 그들이 내민 기획안은 거의 대한민국 전체를 상대로 움직여야 하는 스케일이었다.

"왜 그러죠? 설마 시작도 안 했는데 겁먹은 건가요?"

현중이 오히려 그들을 슬쩍 부추기자,

"아, 아닙니다! 무조건 해냅니다! 제 이름을 걸고 해냅니다!"

오희연은 현중의 생각이 바뀔까 봐 무작정 소리쳤는데, 그런 오희연의 한마디에 나머지 네 사람은 얼굴이 흙빛이 되어 버렸다.

"시리."

현중은 그 자리에서 바로 시리를 불렀다.

"이 기획안, 정식으로 통과시키고 지금 앞에 있는 사람들이 기획안의 주인공이니까 따로 프로젝트 팀을 꾸리도록."

—네, 회장님.

"그리고 이건 비밀이 아니니까 새어 나가도 그냥 모른 척하도록 해."

—네, 회장님.

그렇게 그냥 상상으로 시작된 2001년 대한민국 전국에 와이파이 존 만들기 대공사가 시작되었다. 기본 투자 금액만 1조 원에 공사에 따라 최소 500억 원이 더 들어갈 것으로 생각되는 엄청난 프로젝트였다.

평소에 휴대폰 인터넷 요금이 터무니없이 비싸서 불만이 많았던 오희연의 작은 아이디어에서 시작된 이번 프로젝트는 전국 어디서나 마음껏 사용할 수 있는 인터넷이 있다면 얼마나 좋을까 하는 내용이었다. 그 안에 대동그룹의 단말기와 각종 요금제도 포함되어 있었다.

사실 이건 평범한 기업인, 아니, 세계 어디를 가도 이런 미친 기획안을 들이미는 사람들은 많을 것이다. 받아들이기에도 2001년의 시대상 너무나 무리가 많이 따르게 마련이다. 우

선적으로 무선 인터넷 존을 만들기 위한 자재비와 시설비가
엄청나게 비싸다. 투자를 해서 성공을 해도 10년은 넘게 운영
해야 겨우 투자비를 건질 수 있는 구조였다.

한마디로 순수하게 소비자 입장에서 생각해 낸 기획안인
것이다.

그 어떤 기업의 CEO도 이걸 받아들일 수 없을 것이다. 하
지만 현중은 달랐다. 현재 대동그룹은 마땅히 뭔가 해야 한다
는 목표가 없었다. 이미 오더는 끊긴 상태였고, 기업의 이미
지는 국내 최고 악덕 기업으로 국민들 머릿속에 강하게 남아
있었다. 물론 현중이 회장으로 취임하면서 대대적으로 물갈
이를 했지만 한번 나쁘게 각인된 이미지는 쉽게 해소되기 힘
든 법이다.

당연히 지금 대동그룹에는 뭔가 돌파구가 필요했다.

하지만 현중은 기업 운영이 뭔지 몰랐다. 돈도 테른이 벌어
다 주는 것이었고, 시리가 보좌를 하고 있고, 서류 처리는 이
미 대륙에서 황제를 해봤으니 특기 중의 특기였다. 하지만 현
중은 그 무엇보다 이상하게 말로는 설명할 수 없는 직관력이
있었다.

꼭 필요할 때 단호하게 고민없이 결정을 내리는 결단력 말
이다. 테른이 현중을 무조건 따르는 이유도 바로 이런 모습이
한몫했다.

물론 5인방이 내민 기획안은 실패할 경우 완전 망하는 지름길이었다. 망해도 아주 폭삭 망해 버리는 지름길 말이다.

그렇지만 5인방의 기획안은 현중이 생각해도 나름 도전할 가치는 있어 보였다. 전 세계의 이목이 집중되는 2002년 월드컵이 내년에 열린다. 그때 세계 어디서도 이루지 못한, 나라 전체에 무선 인터넷이 터지는 나라로 광고비 하나 없이 알릴 수 있는 절호의 기회인 셈이다.

거기다 1조 원 정도는 현중에게 충분히 감당할 능력이 있는 것도 이번 기획안을 통과시킨 이유였다.

물론 테른이 손가락에 땀나게 주식과 석유를 팔기 위해 두드려야 하겠지만 말이다.

"저기 회장님, 프로젝트의 내용이 새어 나가도 모른 척하라니 그게 무슨……?"

일반적으로 기업에서 하나의 프로젝트가 시작되면 철저하게 함구하고 비밀에 붙이는 것이 상식이다. 그런데 현중은 아예 대놓고 그냥 모른 체하라는 것이다.

"어차피 이걸 가로챌 기업은 국내에 없을 테니까 상관없는 것 아닌가요?"

현중은 편안하게 웃으면서 오희연의 물음에 대답했다. 오희연도 고개를 끄덕이긴 했지만 어색하게 웃어야만 했다. 기획안을 작성한 오희연도 투자 비용만큼은 미친 기획안이라고 인정하고 있었으니 말이다.

현중의 말대로 2001년 현재 이렇게 돈을 투자해서 전국을 대상으로 와이파이 존을 만들려고 하는 짓을 하는 기업은 없을 것이다.

다음날 대한민국은 대동그룹으로 인해 다시 한 번 들썩거렸다.

대동그룹에서 전국을 대상으로 자사의 단말기와 월정액으로 무제한 사용할 수 있는 무선 인터넷(와이파이 존)을 설치한다고 발표했습니다. 기본 투자 비용은 1조 5천억 원에 부대비용까지 합하면 최대 2조 원이 들어가는 엄청난 공사가 시작될 것 같습니다. 이번 프로젝트 완공은 올해 12월 말까지로 잡고 있으며 이미 단말기를 만드는 단계에 들어갔다고 합니다.

아예 대놓고 시리가 신문사에 이번 기획안을 제보까지 해서 알렸다. 국민들은 처음에 이런 언론의 신문 내용을 이해하지 못했다. 무선 인터넷이라니? 와이파이라니? 그게 도대체 뭔지 몰랐다.

아니, 그걸 왜 사용해야 되는지도 이해하지 못했다.

하지만 전문직에 종사하는 사람들은 상황이 완전히 달랐

다. 특히 주식을 하는 사람들이 쌍수를 들고 환영하기 시작하자 조금씩 언론에서 무선 인터넷이 얼마나 엄청난 투자인지 떠들기 시작했다.

그리고 우선 서울과 광역시를 중심으로 무선 와이파이 존 설치 공사가 시작되었다.

정작 죽어나는 것은 5인방 다섯 명이었다.

오희연이 큰소리치는 바람에,

"돈은 내가 무조건 책임지고 줄 테니까 잘해봐요."

현중이 웃으면서 오희연의 어깨를 치는 순간 고생길이 열려 버린 것이다. 한번 지방에 내려가면 올라올 시간이 없었고, 집에 들어가 본 지가 언제인지 기억도 나지 않을 정도가 되었다.

하지만 그건 오희연에 비하면 약과였다.

"도대체 어떤 단말기를 만들라는 거야."

오희연은 리더라는 이유로 나머지 네 명의 추천을 받아 단말기를 만드는 프로젝트에 책임자로 임명되어서 따로 떨어져 나왔다. 하루가 멀다 하고 머리를 싸매고 고민하는 일상이 시작된 것이다.

"전국을 상대로?"

"응. 이번에 회장님의 승인이 떨어졌다던데."

"…엄청나군."

“회사의 사활을 걸었다고 다들 말하는데, 이건 실패하면 그냥 죽는 거네.”

침체되어 있던 대동그룹의 내부에서도 이번 전국 와이파이 존 만들기 프로젝트로 인해 말들이 많았다.

현중의 예상대로 부정적인 반응보다는 긍정적인 반응이 다수였다. 최소한 뭔가 할 일이 있고 목표가 있다는 것이 이들에게는 위안이 되고 집중할 수 있는 계기가 되었기 때문이다.

“보기 좋네.”

그룹 전체가 조금씩 활기가 띠어가자 현중도 마음에 들었다.

거기다 처음에는 대동그룹에서 무슨 짓을 하는지 전혀 몰랐던 국민들도 조금씩 알게 되면서 시간이 갈수록 반응이 뜨거워지고 있었다.

특히 먼저 와이파이 존을 설치한 서울과 광역시를 기준으로 현중은 과감하게 무선 인터넷 비용을 무료로 했다. 우선 써보라는 것이다.

써보고 그것에 익숙해지면 결국에는 쓰기 싫어도 써야 했다.

사람은 적응의 동물로 한번 몸에 익은 것에 편안함을 느끼게 마련이다.

“빠른데?”

“그리고 엄청 편하네.”

아직 와이파이를 사용할 수 있는 것은 PDA 정도로 몇 가지 없긴 하지만, 한 집에 한 대는 있는 PC와 피시방으로 사람들은 인터넷에 익숙했다.

처음에 피시방이 많은데 누가 무선 인터넷을 쓰겠냐는 말들이 있었지만 실제로 써보니 완전 쓰는 용도가 달랐기에 그런 말도 곧 잠잠해졌다.

무엇보다 편하고 자신이 원할 때 인터넷으로 정보를 알 수 있다는 것이, 전국 와이파이 존 공사를 지지하는 사람들이 늘어가는 가장 큰 이유이기도 했다.

하지만 사람들 사이로 와이파이가 퍼지는 만큼 불만도 많이 생겼다. 그것은 와이파이의 문제가 아니라 무선 인터넷을 모두 사용할 수 있게 해주는 단말기가 없다는 것이었다.

덕분에 현재 가장 보편화된 무선 인터넷 단말기는 PDA가 유일하다 보니, 뜻하지 않게 PDA가 불티나게 팔리는 결과도 생겼다.

거기다 아예 작정하고 수신기를 설치했는지 수신 가능 지역에서는 길거리를 걷더라도, 집에 있더라도, 하물며 지하에 있더라도 와이파이가 빵빵 터지는 것에 사용해 본 사람들은 감탄을 할 수밖에 없었다.

아직 시범 단계라서 몇 시간 동안 동영상을 원활하게 본다 던가 하는 단계는 아니었다. 하지만 메일이나 주식과 뉴스 등 은 기본이고, 30분 정도의 동영상은 충분히 실시간 스트리밍 으로 볼 수 있을 정도의 품질을 보여주었다.

"생각 이상인데?"

현중은 회장실에서 뉴스와 언론 매체들이 떠들어대는 말 에 기분이 좋아졌다.

대동그룹을 악의 화신이라고 몰아붙이던 여론은 이미 사 라지고 없었다.

오히려 대한민국을 전 세계에서 유일하게 와이파이가 빵 빵 터지는 선진국으로 만든 기업이라고 선전하기 시작한 것 이다.

국민들의 이미지도 바뀌기 시작했다. 새로 바뀐 회장은 나 라를 위하고 대한민국을 새로운 발전으로 이끌기 위해 자신 의 돈을 투자한다는 식으로 말이다.

그러다 보니 당연히 대동그룹의 주식이 오르기 시작했다. 하지만 100% 현중이 모두 소유하고 있다 보니 주식가의 사람 들은 언제 현중이 주식을 풀까 그 기회만 노리고 있을 뿐이었 다.

단 하나의 미친 프로젝트를 실행했을 뿐인데 현중의 예상보다 훨씬 빠르고 효과적으로 결과가 나타나기 시작했다.

그렇게 기분 좋게 대동그룹을 안정화시키는 어느 날 현중에게 전화가 왔다.

"마리아?"

딸각.

현중이 전화를 받자,

[현중 씨, 아틀란티스를 찾으러 가는 일정이 잡혔어요.]

씨익~

현중의 입가에 미소가 번졌다. 기다리던 일이 드디어 시작되는 것이다.

"언제죠?"

[앞으로 일주일 뒤예요.]

딸각!

보안 때문에 어쩔 수 없이 짧게 말하고 전화를 끊은 마리아. 현중은 기지개를 한껏 펴고는 말했다.

"테른."

―네, 마스터.

언제나처럼 현중의 그림자에서 테른이 튀어 나왔다.

"이번 아틀란티스 탐험대 말이야, 간만에 마족 사냥으로 몸 좀 풀 수 있을 것 같아."

테른도 현중의 말에 입가에 미소를 보이면서,

―전 언제나 마스터의 곁에서 움직일 뿐입니다.

그렇게 현중과 테른의 미소는 한동안 회장실에서 사라지질 않았다.

『현중 귀환록』 7권에 계속…

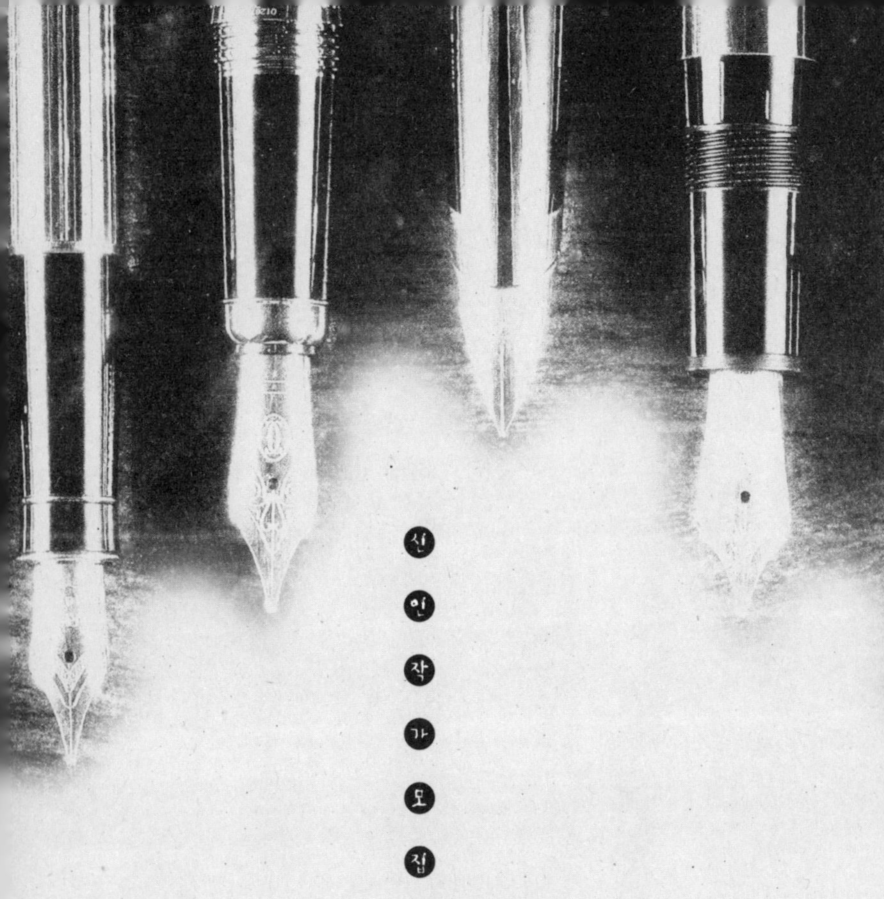

시작이 반이라고 했습니다.
작가의 길에 대한 보이지 않는 벽을 과감히 깨뜨리십시오!
청어람은 작가 지망생 여러분들의
멋진 방향타가 되어드리겠습니다.

저희 도서출판 청어람에서는
소설 신인 작가분들을 모집합니다.
판타지와 무협을 사랑하시는 분들의 많은 참여를 바랍니다.
소정의 원고(A4용지 150매)를 메일이나 우편으로 보내주시면
검토 후 출판 여부를 알려드리겠습니다.

주소:경기도 부천시 원미구 심곡2동 163-2 서경 B/D 2F 우편번호 420-822
TEL:032-656-4452 · **FAX**:032-656-4453
http://**www.chungeoram.com**
e-mail:chungeoram@chungeoram.com

蒼龍魂

창룡혼

매은 新무협 판타지 소설

"살아라… 살아야 이기는 것이니라."

알 수 없는 스승의 유언.
그 후로… 그저 살아야만 했던 남자, 이극.

서신 하나 없이 사라진 오라버니를 찾아
홀로 무림맹에 대항하려는 소녀, 유서현.

어느 날.

두 사람이 운명으로 얽혔을 때,
메마른 무사의 혼이 다시금 불타오른다!

『창룡혼』

어둠으로 물든 하늘을 뚫고 솟아오를
위대한 창룡의 혼이여!
위선을 찢어발기고 천하를 밝히리라!

CHUNGEORAM

유행이 아닌 자유추구 —
WWW.chungeoram.com

新月劍帝
단월검제
강태훈 新무협 판타지 소설

"나 좀 도와주면
내가 제자가 되어줄게."

당돌한 제자 상천과 그저 그런 사부 종삼의 황당한 만남!

철석같이 신검이라 믿고 익힌 단월검을
진짜 신검으로 발전시킨 검제의 이야기!

달조차 베어버릴
거대한 검의 신화가 열린다!

Book Publishing CHUNGEORAM

유행이 아닌 자유추구 -
WWW.chungeoram.com

태클 걸지 마!

무람 장편 소설

우리가 기다려 왔던 신개념 소설!

말년 병장 김성호!
"어이, 김 병장. 놀면 뭐하나?"

떨어지는 낙엽도 피해야 하는 시기에 삽 한 자루 꼬나 쥐고
너덜은 캐는 꼬인 군 생활의 참중인!

『태클 걸지 마!』

낡은 서책과 반지의 기적으로 지금껏 모르던 새로운 힘을 깨달아간다!

불운한 삶은 이제 바뀔 것이다. 내 인생에 더 이상 태클은 없다!

Book Publishing CHUNGEORAM

유행이 아닌 자유추구
WWW.chungeoram.com